Vers la joie

DE LA MÊME AUTRICE

Comme un père, Arléa, 2002 ; Points, 2008.
Le Jugement de Léa, Arléa, 2004 ; Points, 2007.
Puisque rien ne dure, Stock, 2006 ; Le Livre de poche, 2007.
Rêve d'amour, Stock, 2008 ; Le Livre de poche, 2009.
Un temps fou, Stock, 2009 ; Le Livre de poche, 2010.
À l'abandon, Naïve, 2009.
La Confusion des peines, Stock, 2011 ; Le Livre de poche, 2013.
L'Écriture et la Vie, Éditions des Busclats, 2013.
Une vie à soi, Flammarion, 2014.
À la fin le silence, Seuil, 2016 ; Points, 2017.
Nous aurons été vivants, Stock, 2019.
D'une aube à l'autre, Stock, 2022.

Laurence Tardieu

Vers la joie

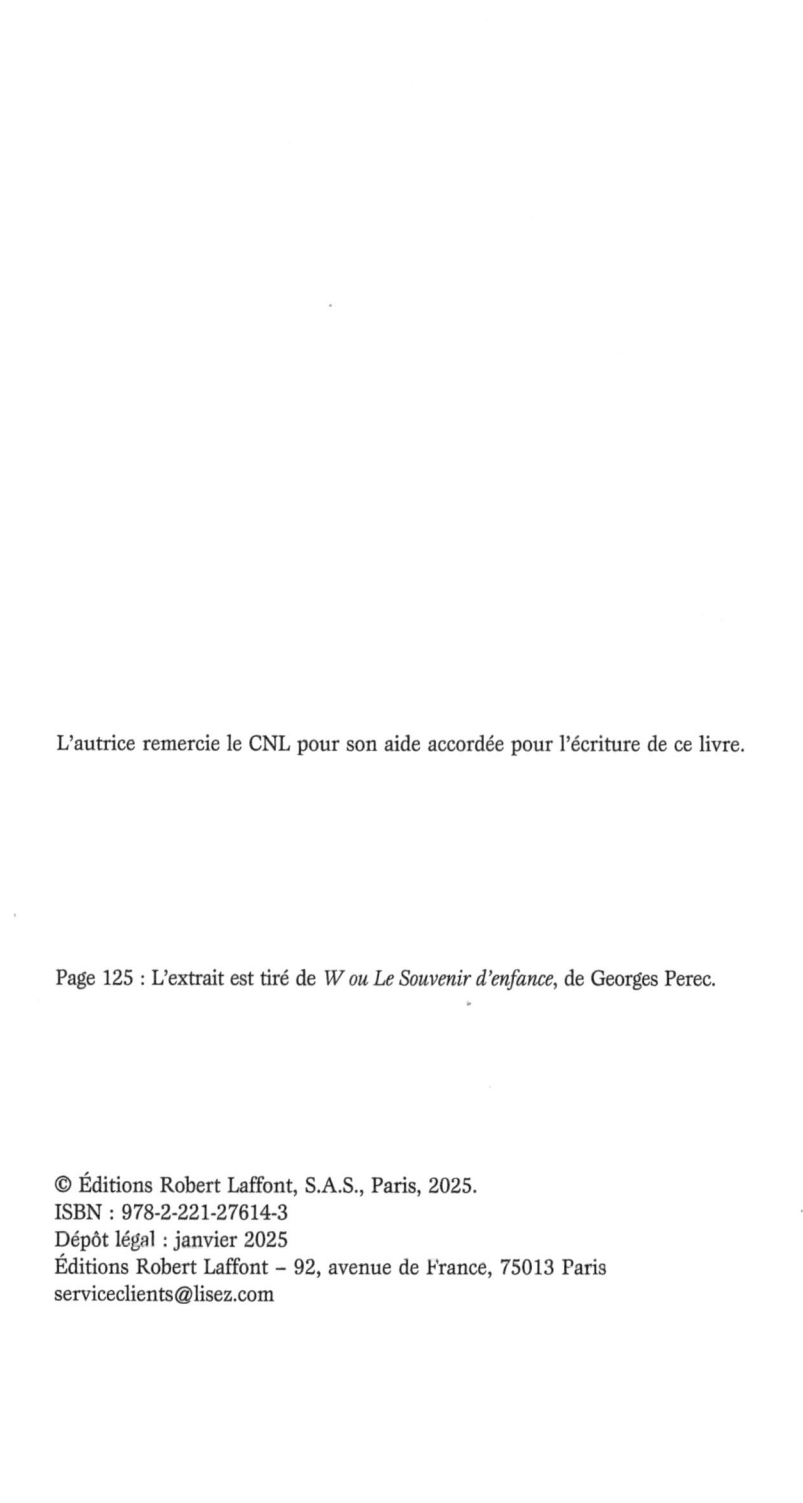

L'autrice remercie le CNL pour son aide accordée pour l'écriture de ce livre.

Page 125 : L'extrait est tiré de *W ou Le Souvenir d'enfance*, de Georges Perec.

© Éditions Robert Laffont, S.A.S., Paris, 2025.
ISBN : 978-2-221-27614-3
Dépôt légal : janvier 2025
Éditions Robert Laffont – 92, avenue de France, 75013 Paris
serviceclients@lisez.com

Pour Céline

Que de fois j'ai vu, j'ai désiré imiter quand je serais libre de vivre à ma guise, un rameur, qui, ayant lâché l'aviron, s'était couché à plat sur le dos, la tête en bas, au fond de sa barque, et la laissant flotter à la dérive, ne pouvant voir que le ciel qui filait lentement au-dessus de lui, portait sur son visage l'avant-goût du bonheur et de la paix.

Marcel Proust, *À la recherche du temps perdu – Du côté de chez Swann*

Prologue

Le 17 mars 2020 a été diagnostiquée chez mon fils Adam, alors âgé de 4 ans et demi, au service des urgences de l'hôpital pédiatrique parisien Robert-Debré, une leucémie aiguë myéloblastique. Dans la foulée du diagnostic, Adam a été hospitalisé au sein du service hématologie de ce même hôpital. Après un mois d'un protocole dit classique de chimiothérapie, il n'a pas répondu normalement aux traitements et a développé pendant trois semaines une fièvre intense et inexpliquée qui a manqué de l'emporter. Les traitements ont été mis à l'arrêt. En juin, l'hôpital a procédé à des examens sanguins sur les deux sœurs d'Adam qui ont permis de mettre en évidence la compatibilité de la moelle osseuse de Gaïa, alors âgée de 19 ans, avec celle d'Adam. Le 6 juillet, Gaïa, après avoir exprimé son « consentement libre et éclairé » auprès du tribunal judiciaire de Bobigny, a été à son tour hospitalisée en hématologie pour y subir au bloc opératoire un prélèvement d'un litre de moelle osseuse. La moelle osseuse malade d'Adam a été détruite par chimiothérapie du 9 au 15 juillet, et la greffe réalisée le 17 juillet. Le 31 juillet, cent dix globules blancs sont apparus au bilan sanguin d'Adam. Le 24 août, après cent cinquante-huit jours d'hospitalisation, Adam sortait de l'hôpital Robert-Debré. Ses chances de survie étaient à ce stade importantes, quoique non assurées.

Au cours de cette même période, les choses sont allées de mal en pis entre le père de mes enfants et moi. L'extrême difficulté de ce que nous vivions (renforcée par le fait que cette période était également celle de la pandémie de Covid, nous empêchant donc pendant tous ces mois d'avoir ne serait-ce qu'une heure de relais à l'hôpital ou de puiser du réconfort auprès de nos proches) nous avait projetés chacun dans un monde clos, inconnu, où nous ne pouvions compter que sur nos propres forces. Nos deux mondes ne se sont jamais rejoints. Nous ne nous comprenions plus, nous n'étions d'accord sur rien, nous ne parlions plus la même langue. Nous nous sommes séparés début juillet 2020.

1.

Guerre : *nom féminin*
1. *Lutte armée entre États, considérée comme un phénomène historique et social (s'oppose à paix)*
2. *Les questions militaires ; l'organisation des armées (en temps de paix comme en temps de guerre)*
3. *Conflit particulier, localisé dans l'espace et dans le temps*
4. *Lutte n'allant pas jusqu'au conflit armé*

À la guerre comme à la guerre
(C'est) de bonne guerre
De guerre lasse
Entrer en guerre
Faire la guerre
Faire la guerre à, partir en guerre contre
Fait de guerre
Guerre bactériologique
Guerre de mouvement

Guerre de position
Guerre éclair
Guerre froide
Guerre nucléaire, biologique, chimique (ou : guerre N.B.C.)
Guerre ouverte
Guerre privée
Guerre sainte
Guerre totale
Homme de guerre, gens de guerre
Lois de la guerre
Nom de guerre
Petite guerre

Revenir aux faits, seulement aux faits.

Le 24 août 2020, vers midi trente, après cent cinquante-huit jours d'hospitalisation, mon fils Adam et moi sortons de l'hôpital Robert-Debré. La lumière inonde le grand hall, et je pense : nous sortons de l'antichambre de la mort.

Se retrouver à l'air libre, dans l'éblouissement du soleil, et ouvrir les bras.

Poser un regard sur mon fils et être saisie, comme si j'en prenais conscience pour la première fois, par son crâne chauve, son corps maigre, soudain si fragile. Au même instant, le voir tourner son visage vers moi et planter ses yeux bleu-gris dans les miens.

Laisser exister ce moment. Ne rien dire, le vivre.

L'après-guerre commence, me dis-je en franchissant le portillon blanc qui délimite l'enceinte de l'hôpital, la main d'Adam serrée dans la mienne.

Revenir aux faits, seulement aux faits.

Le 24 août 2020, après avoir déposé Adam en taxi chez son père, lequel a insisté pour que celui-ci passe sa première nuit hors de l'hôpital chez lui, à Bagnolet, dans la maison où nous vivions tous ensemble *avant*, puis m'être rendue à la pharmacie dont je suis ressortie avec deux énormes sacs noir et blanc remplis de médicaments, je me retrouve vers dix-huit heures place Gambetta, à quelques minutes à pied du petit appartement meublé que j'ai loué précipitamment dix jours plus tôt. Pour la première fois depuis le 17 mars 2020, je me retrouve à l'air libre, en dehors de la petite chambre au lino bleu de six mètres carrés, *sans rien avoir à faire*. Je reste debout, les deux sacs de médicaments à la main, dans le flot des passants et le bruit des voitures, et la lumière somptueuse, ourlée, de cette fin de journée d'été. Je suis libre d'aller et venir ici ou là, de rentrer dans mon petit meublé, de m'asseoir à une terrasse de café. Je reste clouée au sol, prise de vertige : et maintenant, que faire ? Où aller ? Ai-je envie d'appeler quelqu'un ? Mais qui appeler ? Et pour dire quoi ? Une masse vient de s'abattre sur moi. Pendant des mois, chaque instant a été vécu détaché de tous les autres, ceux qui l'avaient précédé et ceux qui, peut-être, lui succéderaient. Chaque instant a été vécu comme s'il pouvait être le dernier et contenait toute la vie : sa puissance et sa défaite, sa permanence et sa finitude. Je ne sais plus vivre dans l'écoulement du temps.

Je fais deux fois le tour de la place. Dans un sens, puis dans l'autre. Je ne peux pas m'éloigner davantage – la place Gambetta m'apparaît soudain comme un territoire immense, vertigineusement immense. M'aventurer au-delà, c'est prendre le risque de me dissoudre, qu'il ne reste de ma présence que deux sacs noir et blanc au contenu déversé sur le bitume. J'observe tout avec avidité : les visages des passants, leurs expressions. Leur corps, leur démarche. La façon qu'ils ont tous d'inscrire quelque chose d'eux dans l'espace. Tout me fascine, tout m'atteint en plein cœur. Je voudrais que plus personne ne bouge et courir vers chacun, et étreindre ces corps, ces visages, aller de l'un à l'autre. Leur dire combien leur présence, à cet instant, me bouleverse. Je voudrais leur demander s'ils se rendent compte à quel point aller et venir comme ils le font, marcher tranquillement d'un endroit à un autre pour rentrer chez eux, faire leurs courses, flâner, est quelque chose non seulement d'absolument merveilleux, mais aussi d'inouï, quelque chose qui aurait pu ne jamais se produire mais qui, se produisant, modifie la texture du cosmos, lui imprimant son sceau invisible, dont personne ne se souviendra mais qui aura eu lieu là, en cet endroit de la terre, à cet instant précis. Que le souffle même du monde est fait de leur souffle, et du mien, qui peine tant à renaître. Je voudrais les enserrer, les remercier de me témoigner, par leur simple présence, ce que veut dire : être en vie. Je sens, physiquement, l'air, la densité de l'air sur ma peau, je sens les particules virevolter autour de moi, me frôler. Je sens quelque chose de la vie, de la vibration même de la vie. Et la force de cela, de ce flux tranquille et majestueux, dans l'étonnement qu'il provoque en moi, m'éreinte d'une joie puissante dont je comprends, à l'instant même où elle m'embrase, qu'elle sera désormais constitutive de moi, comme on le dit du membre d'un corps.

Revenir aux faits, seulement aux faits.

Le vendredi 16 octobre 2020, alors que je me trouve dans un taxi, de retour de Bagnolet où j'ai déposé Adam chez son père pour qu'il y passe le week-end, j'apprends de la bouche du chauffeur qu'un enseignant d'histoire-géographie vient d'être décapité peu après être sorti du collège où il était professeur, à Conflans-Sainte-Honorine. L'attentat a été perpétré par un citoyen russe d'origine tchétchène âgé de 18 ans, lui-même abattu par la police quelques minutes plus tard.

Je ne comprends rien à ce que me dit le chauffeur. Je lui demande de répéter. L'homme reprend les mêmes phrases. Je fais un énorme effort pour tenter d'assembler trois mots qui me semblent appartenir à des univers incompatibles : « décapité », « professeur d'histoire-géographie », « Conflans-Sainte-Honorine ». Sensation d'un grand écart mental qu'il me faudrait réaliser mais qu'il m'est impossible, en cet instant, d'effectuer. Il me faut quelques minutes pour commencer à entrevoir les faits – mais l'ensemble, le tout, l'*unité cohérente* de ce qu'on vient de me révéler demeure impénétrable. Chaque élément reste disjoint des autres. Le sens ne se fait pas.

Je m'interroge : la quantité de *réel absorbable* est-elle limitée ? Cette quantité est-elle d'autant plus réduite que ce qui se présente à nous est aléatoire, incertain, menaçant ? Est-ce qu'au-delà d'un certain seuil, propre à chacun, le cerveau déclare forfait ? Je n'ai pas de force supplémentaire pour comprendre ce qui, au-delà du corps de mon fils, dépasse le cours ordinaire des choses.

« Je suis tchétchène et j'ai honte », ne cesse à présent d'articuler le jeune chauffeur de taxi, au bord des larmes, « j'ai tellement honte. Maintenant, on va croire que tous les Tchétchènes sont des barbares. » Je passe le reste du trajet à tenter de *finir de comprendre* ce dont il vient de m'informer tout en ânonnant de vagues paroles visant à le réconforter – mais comment le réconforter, et de quoi, alors même que mon cerveau achoppe sur une bouillie indéchiffrable ? Sensation d'éventrement. Je ne peux pas absorber le réel.

Revenir aux faits, seulement aux faits.

Le 20 décembre 2020, quatre mois quasiment jour pour jour après notre sortie d'hôpital, Adam et moi prenons un avion pour Nice. Nice est ma ville-refuge, le berceau de mon histoire. Mes quatre grands-parents y vivaient, j'y ai passé toutes mes vacances d'enfant et d'adolescente, ma mère y est enterrée. Il y a quelques années, j'ai acheté une petite maison là-bas. J'y ai beaucoup emmené Adam depuis sa naissance. À l'hôpital, chaque jour ou presque, nous rêvions tous les deux du moment où nous y retournerions. Penser à la lumière, à nos baignades, aux odeurs méditerranéennes, nous redonnait du souffle et du courage. Le temps d'un instant, nous n'étions plus enfermés dans une bulle stérile de six mètres carrés, mais dans un espace bleu et ouvert, d'une beauté irradiante.

Adam n'y est plus retourné depuis février 2020. Il a obtenu l'autorisation de voyager. Ses cheveux ont repoussé, plus drus et bruns qu'avant la maladie, il a repris du poids, retrouvé des jambes toniques. Il porte un masque. À l'instant où l'avion amorce sa descente au-dessus de la baie de Nice, déferlement brutal de sanglots dans ma gorge. Je me raidis – surtout, les étouffer dans l'œuf. Je jette un coup d'œil à Adam assis à côté de moi. Concentré, parfaitement silencieux, il observe le paysage à travers le hublot.

Quelques minutes plus tard, sur la passerelle de débarquement. Adam et moi avançons très lentement. Nous nous donnons la main. Flot ininterrompu de passagers devant et derrière nous. Je me concentre sur chaque pas. Je repousse un nouvel assaut de larmes. La tête me tourne, ça vrille à l'intérieur de moi, ça se décroche. Tout se floute et les images se superposent. Nous sommes en juin 2020, je pousse le fauteuil roulant d'Adam dans le couloir du service hémato. Les traitements sont à l'arrêt, personne ne sait comment les choses vont évoluer. Infirmières et aides-soignants tournoient autour de nous, piaillant comme des moineaux. Ni Adam ni moi ne disons rien, j'ai les oreilles qui bourdonnent. Adam se tient droit dans son petit fauteuil bleu marine et regarde fixement devant lui. Rien n'a jamais paru aussi irréel que cette permission de quarante-huit heures après quatre mois passés dans la petite chambre au lino bleu : nous sortons de l'hôpital et nous ne pouvons y croire.

Au prix d'un immense effort, je raccroche au présent – je tire une valise noire à roulettes sur une passerelle d'aéroport et Adam marche à côté de moi. Devant et derrière nous, un flot de passagers. Rien n'a jamais paru aussi irréel que ce moment auquel nous avons tant rêvé pendant des mois : nous sommes de retour à Nice et nous ne pouvons y croire.

Juin 2020/décembre 2020. Même dissolution du temps, même silence intérieur, même sensation de marcher aux confins d'un monde que nous serions seuls à habiter. En juin, Adam va peut-être mourir. En décembre, il est sur le point de terrasser le monstre. Dans l'un et l'autre cas, je ne comprends pas ce qui nous arrive.

Nous prenons un taxi. Le chauffeur propose de passer par la Promenade. J'accepte avec gratitude. Adam serre son doudou contre lui. Il observe à travers la vitre, figé et silencieux, redécouvrant la ville qu'il connaît depuis sa naissance. Lors d'un arrêt à un feu rouge, je le vois scruter les palmiers. Je songe aux innombrables fois où, à l'hôpital, dès qu'il évoquait Nice, il convoquait, en première image, les palmiers. Quelques minutes plus tard, la voiture s'engage sur la Promenade et je redécouvre, souffle coupé, la mer. Je descends la vitre. Son bleu intense me fait comme une entaille au ventre.

Nous gardons le silence, Adam et moi. Quelques joggeurs courent le long de la mer. Nous passons devant le *#ILoveNice* bleu-blanc-rouge érigé depuis les attentats de 2016, débouchons sur l'anse très douce formée par le port et ses maisons rouge et ocre, avant de nous engager sur la basse corniche qui serpente en s'élevant au-dessus de la mer.

La voiture s'immobilise. Nous descendons. Adam se précipite vers la grille d'entrée et compose le code. Je l'observe, incrédule : il a gardé en mémoire, tout au long de son invraisemblable épopée, les quatre chiffres qui ouvrent le portail. Ainsi donc, il y a eu l'annonce de la maladie, il y a eu ces semaines où il a manqué d'être emporté, il y a eu la destruction de sa moelle osseuse et la greffe d'une nouvelle, il y a eu ce retour à la vie, il y a eu toutes ces choses innommables et dures et magnifiques, ces cent cinquante-huit jours au terme desquels la vie est devenue en tout point différente de celle qui existait avant, et ces quatre chiffres et leur ordre exact, eux, sont restés parfaitement en place dans son esprit. Je me demande, entre l'avant et l'après 17 mars 2020, ce qui a été effacé, ce qui a été conservé. Le portail s'ouvre lentement. Et comme au ralenti, pulvérisant la pellicule du réel, je vois Adam s'élancer dans l'allée et courir à toute berzingue, hurlant à pleins poumons : « ON EST À NICE, MAMAN ! »

Revenir aux faits, seulement aux faits.

Le jeudi 7 janvier 2021 au matin, alors que je balaie rapidement les informations sur le site du *Monde*, m'apprêtant à réveiller Adam qui, depuis le lundi et après quasiment un an d'interruption, a repris l'école à mi-temps, j'apprends que la veille, à Washington D.C., le Capitole a été pris d'assaut par une foule de soutiens de Donald Trump. Encouragés par l'ex-président, qui les a appelés à marcher sur le siège du Congrès en leur demandant de « se battre de toutes leurs forces », les manifestants se sont rassemblés devant le bâtiment et ont fini par l'envahir.

Violence, saccages, pillages – je découvre, ahurie, les images de l'assaut. Je lis les mots « putsch », « insurrection », « sédition ». L'idée qu'il puisse s'agir d'un gag ou d'une fiction cinéma m'effleure une seconde. Je me connecte sur un autre site d'information qui diffuse en boucle les mêmes images, emploie les mêmes termes. Je repose mon téléphone et essaie d'assembler les mots, les images et le sens – mais rien ne s'assemble, rien ne fait sens. Un instant, je me demande si c'est moi qui vacille ou le monde autour de moi. Je perds mes appuis. Il est six heures trente du matin et le réel me balance au visage quelque chose que je ne suis pas en capacité de recevoir ni d'intégrer. Sensation d'une nappe visqueuse dans le corps, dans la tête.

Je me lève et entrouvre la porte de la chambre d'Adam. Il m'attendait, yeux grands ouverts. Il me sourit. J'embrasse la peau tiède, si douce, de son front. Je m'emplis de son odeur. Je m'emplis de sa présence. Petit corps chaud, bien vivant. Petit corps chaud continuant de se battre. Adam me raconte, dans un flot soudain de paroles, son rêve de la nuit. Une histoire d'ours terrifiant qui le poursuivait, et lui qui devait courir très vite et qui, à l'instant où l'ours allait le rattraper, s'est envolé. « Donc, entre l'ours et toi, c'est toi qui as gagné », je murmure en serrant Adam contre moi. Adam ne répond pas. Je le berce quelques instants. Le vacillement s'estompe.

Repousser le désordre de l'autre côté d'une frontière dont le tracé, au contact de la peau de mon fils, lentement se reforme.

Se concentrer. Ne pas perdre le cap. Rester rivée au sens – à l'aurore.

Revenir aux faits, seulement aux faits.

Au cours des quatre mois qui suivent sa sortie d'hôpital, du 24 août à Noël 2020, Adam n'a le droit de voir personne à part son père, sa mère, ses deux sœurs, la pédopsychiatre Sarah S., les infirmiers qui se déplacent à tour de rôle à domicile et les soignants de l'hôpital de jour où nous nous rendons tous les jeudis matin – son système immunitaire n'a pas fini d'être constitué.

Le 24 septembre, je dîne avec « ma sœur Isa », Isa la magnifique, née un jour après moi, débarquée dans ma vie lorsque j'avais 20 ans et qui depuis ne l'a plus quittée, l'illuminant de sa présence solaire, magnétique. C'est la première fois que nous nous revoyons depuis six mois. Après le dîner, elle me demande si elle peut passer voir mon petit meublé. Nous marchons côte à côte elle et moi dans les rues du XXe. Sa présence longiligne, soudain silencieuse à mes côtés, dans les rues englouties par la nuit. Découvrant le deux-pièces et sa petite terrasse en rez-de-chaussée, Isa s'exclame, dans un grand éclat de rire : « Fantastique ! On dirait une maison de vacances ! »

Un deuxième confinement est décrété du 30 octobre au 15 décembre. L'ancienne institutrice qui passait deux fois par semaine pour faire « l'école à la maison » m'annonce qu'elle ne viendra plus. Le monde se rétrécit. Je suis accaparée par l'état de santé d'Adam, puis par celui de ma fille cadette Josepha qui, en contrecoup de ce que nous vivons depuis sept mois, s'est brutalement effondrée. Après avoir tenu bon pendant des mois, m'avoir joué du piano tous les soirs à mon retour de l'hôpital, avoir été capable, lors des moments critiques où nous ne savions pas ce qu'il adviendrait d'Adam dans les prochaines heures, d'afficher un calme et une dignité en lesquels je puisais de la force, m'avoir parfois préparé ma lunch-box pour la journée du lendemain lorsque j'étais trop épuisée pour le faire, avoir encaissé sans rien dire, malgré ce que cela lui coûtait, l'interdiction absolue de l'équipe de l'hôpital de rendre visite à son frère ne serait-ce qu'une seule fois au cours des cent cinquante-huit jours, puis accepté avec une généreuse simplicité la nouvelle de la compatibilité de la moelle osseuse de sa sœur (et non de la sienne) avec celle de son frère ; après s'être extasiée, une fois notre maison de Bagnolet quittée précipitamment en quarante-huit heures, sur le petit meublé loué en rez-de-chaussée comme s'il s'agissait du paradis même, et y avoir accueilli Adam à sa sortie de l'hôpital avec une délicatesse tout à elle, Josepha, donc, la semaine même où l'équipe de l'hôpital décide de faire revenir Adam au bloc pour lui retirer son cathéter central (signal clair de l'évolution favorable de la maladie), s'effondre d'un coup, m'appelant un midi en pleurs du lycée pour réclamer l'aide urgente d'un psychiatre.

Je ne vois personne, aucun ami, aucune famille. La vie s'est contractée autour d'une unique sommation : ramener chacun de mes enfants à la vie. Je reçois les messages brûlants d'amour d'Isa *je vous adore mes chouchous, je suis à ta disposition complète pour tout soutien toute aide, tiens le coup ma chérie, je suis là ma Laurence, je t'aime fort, je suis disponible jour et nuit pour toi* et les colis qu'elle m'envoie, remplis de victuailles, de petits trésors, de produits italiens dont elle et moi raffolons et de ses petits mots qu'elle signe en dessinant une fleur. Je me dis pourtant parfois que j'aimerais qu'elle vienne me voir. Je ne comprends pas pourquoi elle ne le propose pas, pourquoi elle esquive mes rares invitations. Je finis toujours par en conclure, interloquée et le cœur serré, qu'elle non plus ne se rend pas compte des écueils encore nombreux auxquels nous devons faire face et pense que le combat est fini, que mes enfants et moi avons sauté à pieds joints dans une vie légère, et, par moments, une très fine aiguille me transperce le sternum.

Le 20 mars, Isa, au téléphone, au détour de la conversation, m'annonce qu'elle a un cancer du poumon depuis un an. Elle ne me l'a pas dit plus tôt car, explique-t-elle avec son rire qui d'habitude provoque aussitôt le mien et cette fois me coupe le souffle, « tu penses bien, avec ce que tu traverses depuis un an, je n'allais pas en plus t'accabler avec ça ». J'écoute, hébétée, Isa me raconter les différents traitements et interventions qu'elle a subis depuis septembre. Après avoir raccroché, je me refais le film à l'envers. Je refixe chacune de nos conversations téléphoniques depuis mars 2020, je me souviens de la fois où elle avait prétendu qu'elle passait l'aspirateur chez sa mère et n'avait pas entendu le téléphone sonner et avait fini par me rappeler quatre jours plus tard, je réentends sa voix, je relis ses messages, je me remémore tout ce qu'elle a fait pour moi à la lumière de ce qu'elle vient de m'annoncer. Je superpose, sur chacun des micro-événements auxquels elle a pris part depuis un an, la réalité de son cancer du poumon. Sensation de me retrouver brutalement sous une cloche de verre dont je ne peux m'extraire. J'ai honte de lui en avoir parfois voulu, honte de ne pas lui avoir fait confiance. Comment ai-je pu ne pas deviner, elle que je sais si généreuse, si fine, si entière, que son léger retrait signifiait qu'elle n'était pas en mesure de faire autrement ?

Les mois passent. Isa répond de moins en moins au téléphone. Ma fille cadette va très mal. Je passe le plus de temps possible auprès d'elle.

Le 24 août, Isa ne répond pas à un de mes textos. J'apprends par son compagnon Jean-Max qu'elle a été rapatriée en urgence à Paris.

Le 16 septembre, je suis au chevet d'Isa, dans la maison de sa mère, à Vaucresson. Isa ne peut quasiment plus parler, elle est allongée dans un lit d'enfant. Je lui ai apporté des roses de jardin. Isa les respire, fait « Mmmh, mmh », les presse contre son cœur. Elle émet des sons gutturaux, des borborygmes. Débute une conversation sur une ligne de crête où joie et douleur se confondent, s'absorbent l'une l'autre. Isa me demande comment vont les enfants, à quoi ressemble le nouvel appartement sous les combles dans lequel je viens d'emménager, dix mois après avoir quitté le petit meublé en rez-de-chaussée. Elle me parle de ses dernières vacances en Bretagne. Nous piquons un fou rire et je retrouve quelque chose du rire qui était le sien, phénoménal. Elle me saisit le bras et me regarde intensément. Je lui caresse le visage.

Le 21 septembre, je suis à nouveau dans la maison de Vaucresson. La mère d'Isa m'accueille avec des larmes dans les yeux. J'ai apporté un long poème illustré de René Char. Isa regarde chaque page avec avidité, essaie de les effleurer. Je lis lentement, de plus en plus lentement. Il est quinze heures, dehors le temps est radieux, dedans le soir gagne.

Le 30 septembre au soir, alors que je sors de la librairie Le Comptoir des mots où je suis venue écouter Deborah Levy, je reçois un appel de Jean-Max. Sa voix blanche, détachée. Isa vient de mourir.

Revenir aux faits, seulement aux faits.

Le 9 août 2021, nous sommes à Nice, Adam et moi. L'été est radieux. Comme chaque matin, nous descendons à travers la pinède jusqu'à la mer. L'accès à l'eau se fait par une échelle. Comme chaque matin, il y a ces deux premières secondes de joie pure à l'instant où l'eau nous saisit, nous arrachant à tous les deux le même petit cri de ravissement. L'eau nous enveloppe. Nous nageons, nous dérivons. Nous barbotons. Je plonge, m'enroule et me déroule, provoquant chez Adam des exclamations joyeuses. L'écho de nos rires ricoche sur l'eau. Dans les profondeurs, vert émeraude et bleu intense – éblouissement, sentiment physique d'appartenance au monde. Tout est étincelant de beauté. Adam est heureux, je le suis aussi.

Plus tard. Nous remontons à travers les odeurs sèches de pin et de lentisque. Il fait chaud mais nos corps ont conservé la fraîcheur de l'eau. Nous chantons à tue-tête « Un kilomètre à pied, ça use, ça use... ». Adam court devant moi sur le sentier. Je m'émerveille de son corps bronzé, musclé. Arrivée à la maison, je consulte mon téléphone portable. La même alerte info s'affiche plusieurs fois sur mon écran : « Rapport du GIEC : alerte rouge pour l'humanité ». Adam, qui entre-temps s'est déshabillé et court tout nu dans le jardin, m'appelle pour que je vienne observer un lézard. Je lis à toute berzingue l'article du *Monde* et la déclaration d'António Guterres : « La sonnette d'alarme est assourdissante et les preuves sont irréfutables : les émissions de gaz à effet de serre provenant des combustibles fossiles et de la déforestation étouffent notre planète et mettent des milliards de personnes en danger immédiat. » Mes yeux ne peuvent se détacher des mots *alerte rouge pour l'humanité*. La seule chose qui me vient à l'esprit est qu'il y a encore très peu de temps, ce titre n'aurait pu être que celui d'un film d'anticipation. Comment le réel a-t-il pu aussi rapidement prendre la place d'un film d'anticipation ? Que s'est-il passé, que nous n'avons pas eu le temps de ressentir ? de vivre ? Que s'est-il passé, qui nous a été soustrait ? Adam m'appelle à nouveau, le lézard va s'enfuir, c'est urgent. Je pose le téléphone et rejoins Adam dans le jardin. Je m'agenouille à côté de lui, à quelques millimètres du lézard immobile qui se chauffe au soleil.

J'aimerais dissocier le réel et la sensation d'irréalité que j'éprouve au-dedans de moi. Mais rien ne se dissocie. Le réel me coule entre les mains, comme du sable auquel on ne peut donner forme.

Revenir aux faits, seulement aux faits.

Un samedi de décembre 2021, à l'aube, allumant mon portable, je découvre un message de mon ami E., dont la présence admirable de justesse a été essentielle pour moi depuis les premiers jours de la maladie d'Adam. À l'hôpital, chaque fois qu'E. m'écrivait, je reprenais des forces. Ses mots formaient un maillage qui me soutenait, m'aidait à passer les heures. Je connais E. depuis trente ans. Garçon secret et hypersensible, je ne l'ai jamais vu se déprendre de son armure, celle qui le protège des autres et sans doute de lui-même. C'est pendant les cent cinquante-huit jours d'hospitalisation d'Adam que j'ai découvert sa bonté et véritablement compris qui il était.

Depuis qu'Adam est sorti de l'hôpital, la présence d'E. continue de me soutenir. J'y puise de l'aide concrète (E. vient parfois, au pied levé, garder

Adam) et un profond rayonnement. E. m'écoute lui raconter les états fluctuants de chacun de mes enfants, la lente remontée de Josepha vers la lumière depuis six mois tandis que conjointement, dans une courbe parfaitement opposée, Gaïa a commencé à perdre pied, assaillie de crises d'angoisse, comme si, me paraissait-il, à mesure qu'elle prenait chaque jour un peu plus conscience que si son frère était en vie, c'était grâce à elle, le vertige s'abattait sur elle et la maintenait en état de terreur. E. me pose les bonnes questions. Il m'aide à réfléchir. Il m'apaise.

E. m'a écrit pendant la nuit. Il m'annonce qu'il a appris dans la journée que sa fille de 12 ans a un sarcome d'Ewing, une forme redoutable de cancer des os. Je dois relire plusieurs fois le message avant que mon cerveau ne comprenne ce dont il est question. La première chose qui me vient à l'esprit est la phrase qu'E. m'avait écrite en mars 2020, puis réécrite plusieurs fois : « Je ne sais pas comment tu fais. Je sais que moi, si une telle chose m'arrivait, je n'aurais pas la force. »

Revenir aux faits, seulement aux faits.

Le samedi 6 février 2022, en fin de matinée, je sors d'un taxi, tenant précautionneusement un sac noir et rose à la main, et monte les trois étages qui mènent à mon appartement. J'ouvre la porte, Josepha m'attend, assise dans l'escalier. Je pose le sac. Sans nous concerter, dans un même mouvement, elle et moi nous asseyons à terre. J'ouvre la poche avant du sac. Un chaton blanc en sort, apeuré. Josepha et moi poussons le même petit cri étouffé. Le chaton fait trois pas avant de s'immobiliser et d'observer la pièce autour de lui. Je jette un coup d'œil à Josepha et reconnais dans son regard l'émotion qui est la mienne : en un instant, notre nouveau lieu de vie, dans lequel nous n'avons de cesse depuis plusieurs mois de chercher à faire revenir la vie, précisément, est réchauffé d'une présence nouvelle. Et cette présence est celle d'un tout petit corps chaud, blanc et duveteux qui bondit et court se réfugier, effrayé, sous le buffet bleu du salon. C'est imperceptible et pourtant tout, dans la pièce, a déjà changé : l'air s'est chargé de vibrations. *Quelque chose se passe.* Le chaton ressort de sa cachette et s'avance prudemment vers nous. Je reste immobile. Je l'observe, incrédule, choisir, lui si vulnérable, de nous faire confiance, à nous qui vivons encore sur un tas de décombres.

Josepha le prend dans ses bras et se met à le caresser. Je la regarde faire : ses gestes sont empreints d'une grande délicatesse. Nous tressaillons au même instant : un son nouveau vient d'emplir l'appartement. Je tends l'oreille, ne réalise pas tout de suite. « Elle ronronne, maman ! » chuchote Josepha émerveillée. « Elle ronronne ! Ça veut dire qu'elle est contente ! » Une vague de gratitude me submerge. Je n'en reviens pas : c'est donc ce tout petit chat effrayé de trois mois qui vient de forcer les portes du réel et de décréter qu'ici, à partir d'aujourd'hui, ce ne sera plus un champ de ruines mais, peut-être, le lieu d'un renouveau.

Revenir aux faits, seulement aux faits.

Le 18 février 2022, Adam se réveille en me disant qu'il ne peut pas marcher. La veille au soir, j'ai invité des amis à dîner et il sautillait comme un cabri. Il leur a joyeusement fait visiter notre appartement, puis est allé se coucher. Le lendemain, une grève était prévue dans les transports et nous avions décidé d'aller à l'école à vélo. Cette perspective nous enchantait.

Le lendemain matin au réveil, donc, il ne marche plus.

J'attends un petit peu, pensant qu'il a une pointe d'appréhension à l'idée d'aller jusqu'à Bagnolet à vélo.

Puis je constate qu'en effet, il ne peut plus marcher.

J'attends encore un peu. J'essaie de réfléchir calmement. Je n'y comprends rien.

À dix heures du matin, je me résous à appeler l'assistante du chef de service qui le suit depuis sa sortie de l'hôpital. « Il faut de toute évidence que vous veniez aux urgences. »

Comme une automate, je rassemble quelques affaires. J'essaie de me remémorer ce qu'il est capital d'avoir avec soi en cas d'hospitalisation. Je pense au doudou, à la tablette, à l'ardoise magique, au *Pomme d'Api*. Puis, j'explique à Adam que nous allons partir à l'hôpital pour essayer de comprendre ce qui se passe.

À l'instant où j'achève ma phrase, je me souviens que j'ai prononcé la même deux ans plus tôt, à quelques jours près, le 17 mars 2020 à huit heures trente du matin, et que le rendez-vous à l'hôpital a duré cent cinquante-huit jours.

Ou, plus exactement, j'entends ma phrase se fracasser contre une autre, ressurgie des limbes, prononcée par la femme que j'étais alors mais qui est restée enfermée derrière les murs d'un espace désormais parfaitement verrouillé, et que je revois agenouillée dans le salon de ce qui était alors notre maison. Cette femme-là est hors d'atteinte, figée dans un temps révolu. La revoir m'entaille le cœur. Je plonge en moi, loin, très loin, j'arrache quelque chose, une énergie encore intacte, et je souris tranquillement à Adam.

Je commande un taxi, prends Adam dans mes bras et descends les trois étages.

À partir du moment où nous arrivons au service des urgences de Robert-Debré, tout s'enchaîne comme dans un mauvais rêve. Je me demande à chaque instant si ce que nous vivons est bien ce que nous vivons ou si c'est ce dont je me souviens, ce qui s'est passé il y a deux ans, le jour où, exactement au même endroit, nous avons appris, trois heures après notre arrivée, qu'Adam était atteint d'une leucémie.

Adam et moi regardons les médecins et infirmières, hébétés, nous efforçant l'un comme l'autre de faire bonne figure, mais chaque instant pèse le poids d'une enclume, comme s'il n'était pas seulement constitué de la matière du présent mais aussi de celle, glaçante, de la journée du 17 mars 2020. À la vue du visage de plus en plus fermé et absent d'Adam, je sais que le passé déferle sur lui avec la même brutalité.

Ce qui au début n'était qu'un examen clinique plutôt rassurant se transforme au fil des heures en cauchemar. Entre-temps, le père d'Adam a pris le relais, je suis rentrée chez moi et je reçois, l'une après l'autre, les mauvaises nouvelles : la possibilité d'une rechute est évoquée.

Adam est autorisé à rentrer chez son père le soir même, à condition de revenir le surlendemain au service des urgences.

Le lendemain, Adam recommence à marcher.

Lorsque je l'emmène à l'hôpital le surlendemain, il marche presque normalement. Il marche même si normalement que je cède à son désir : prendre le métro et non un taxi. Arrivé à la station Porte-des-Lilas, inexplicablement, il se coince la main dans une des portières du métro au moment où celles-ci s'ouvrent. J'entends son hurlement, j'aperçois sa main bloquée et hurle à mon tour. En un bond le conducteur sort de sa cabine. D'un geste vif il dégage la main. Comme il me propose d'appeler les pompiers, je réponds dans un souffle que ce n'est pas la peine, que nous sommes précisément en route pour le service des urgences de Robert-Debré, et je m'interroge si je dois finir ma phrase par un petit rire ou des larmes.

Deux heures plus tard, l'hématologue m'annonce qu'il ne s'agit pas d'une rechute mais d'un rhume de hanche. Adam se met à sautiller nerveusement dans le box des urgences, décrétant que maintenant, il ne partira plus. Je le regarde, défaite, le cerveau vide. Je finis par le faire sortir du box et nous quittons l'hôpital, hagards.

Une semaine plus tard, Adam commence à faire des crises le soir. Celles-ci commencent vers dix-huit heures et se finissent parfois à minuit. Je suis dépassée par sa rage, incapable de faire face. « Dites-vous bien, Laurence, m'explique un soir avec douceur sa pédopsychiatre, Sarah S., qu'il s'agit d'un phénomène d'inversion : plus il sourit, plus il est submergé de chagrin. Plus il frappe et casse, plus il se sent mis à terre par la maladie. » Adam est entré en état de stress post-traumatique. Pour la première fois depuis le 17 mars 2020, je suis absolument, totalement découragée. Je me demande à quel moment la route sera enfin dégagée. À peine me suis-je formulé la question que je réalise qu'elle n'a aucun sens : je ne me tiens plus sur une route depuis laquelle il me serait possible de regarder derrière moi le chemin parcouru ou devant moi celui qui m'attend. Je suis désormais sur une terre en friche, assoiffée par endroits, marécageuse à d'autres, sans nul chemin apparent. Et sur cette terre il n'est plus question de progresser en avançant à mesure que le temps passe, mais d'aller et venir et venir et aller, en repassant par les mêmes points, les labourant de mon lent piétinement, avançant et reculant, reculant et avançant, tournant et retournant, et retournant encore – tout est devenu affaire d'impulsion, de mouvement, et non de direction.

Revenir aux faits, seulement aux faits.

En février 2022, mon amie Céline m'annonce par un texto de deux phrases qu'elle a un cancer de la langue. Céline est ma plus proche amie depuis mes 17 ans. « Plus proche amie » ne rend pas justice à ce qu'elle est pour moi, depuis plus de trente ans que nous nous connaissons : celle qui, à chaque période difficile de ma vie, m'a portée, m'empêchant de sombrer. Tout au long des cent cinquante-huit jours où Adam a été hospitalisé, chaque instant a été éclairé de sa présence vraie, pleine, toujours juste. Sans elle, à maintes reprises, je me serais effondrée. Je suis à Nice. On s'appelle. Il est aux alentours de dix-huit heures. La conversation est brève et déchirante.

Après avoir raccroché, je reste seule dans la cuisine. Aucune pensée ne me vient, aucune sensation. Je suis figée – un arbre mort.

Au bout d'un long, très long moment, la voix impérieuse d'Adam crevant l'espace jusqu'à moi : *Mais qu'est-ce que tu fais maman, TU VIENS OU QUOI ?!*, je redécouvre que je peux me lever de ma chaise, faire trois pas dans la cuisine, ouvrir le placard, attraper une casserole. Je *fais*, mais faisant, je suis ailleurs. Je sais que là où a été éjectée Céline, elle est seule. Que j'aurai beau tout faire pour être au plus près d'elle, je me tiendrai de l'autre côté d'un mur, et la savoir à son tour *là-bas*, seule, m'est insupportable. Posant la casserole d'eau sur le feu, je me demande s'il y a un sens à chercher au fait que la mort rôde dans ma vie depuis tant d'années, lui tournant autour, par moments la lacérant, et que depuis deux ans il semble qu'elle soit passée à la vitesse supérieure, accélérant ses attaques, les multipliant tout alentour, comme si elle cherchait à faire le vide autour de moi, à m'enlever tout ce qui faisait ma vie – ses arbres, ses feuillages, ses fleurs, ses beautés, ses luxuriances
tout ce qui faisait son chatoiement
sa magnificence
– à créer un désert.

Ou s'il n'y a aucun sens à chercher. Si c'est juste comme ça : la mort qui frappe au hasard. Vies fauchées au hasard – ou pas.

Revenir aux faits, seulement aux faits.

Le 24 février, quelques jours après que Céline m'a annoncé son cancer, j'apprends que la Russie a envahi l'Ukraine, au moment même où le Conseil de sécurité de l'ONU tenait une réunion d'urgence.

La guerre en Europe a commencé.

La guerre en Europe a recommencé.

L'information demeure abstraite. Je n'arrive pas à en délimiter les contours, à l'intégrer, à en absorber le choc. Me reviennent seulement quelques images glissantes et fantomatiques du livre d'Aharon Appelfeld, *Mon père et ma mère*, dont l'action se tient à l'été 1938 sur les rives du Pruth, au pied des Carpates, alors que la catastrophe est imminente, que tous la redoutent et que personne ne parvient à l'envisager.

Le soir même, mes voisins russes viennent prendre un verre à la maison. Ils arrivent le visage défait. Au bout de quelques minutes, alors que nous sommes en train de parler de l'éventualité d'un ravalement de la façade, A. fond en larmes et se cache le visage dans les mains. « On est tellement mal, on a tellement honte. » Je repense au chauffeur de taxi tchétchène. J'aimerais la réconforter. Je la regarde en silence. A. relève la tête : « Est-ce que tu sais, toi, où se trouvent les abris antiatomiques ? Rien n'arrêtera Poutine. » Je la fixe, ahurie. En une fraction de seconde, la réalité de la guerre est entrée dans mon champ mental.

Il y a le réel, visible, et la vie intérieure, invisible.

La vie intérieure, monde aqueux, sensoriel, sans frontières, que l'on traverse seul, fendant la nuit tel un oiseau migrateur, et depuis laquelle on ressent le temps.

Parfois, le réel demeure si opaque / insondable / inintelligible,

son *choc* si frontal,

si *stupéfiant d'irréalité*,

que le sentiment de vie, le sentiment de *vivre*, n'appartient qu'à la vie intérieure.

2.

Après-guerre : *nom masculin ou féminin*
Période qui suit une guerre

En dehors de l'emploi adjectival, après-guerre est généralement déterminé par le, cet, notre, etc., ce qui indique que le composé se rapporte encore à telle guerre particulière indiquée dans le contexte. Une généralisation (et donc l'emploi de l'article un) n'est cependant pas impossible, quoique non attestée dans la documentation : « un(e) après-guerre est toujours difficile ».

Tout aurait pu, la vie entière aurait pu être – anéantie. Elle nous imprégnait tant, cette connaissance, on baignait dedans, on y flottait, immergés dans sa réalité aqueuse. Depuis que nous étions sortis de l'enfer, je savais que la mort était tout près, une réalité tout près, un monde flottant dans un tissu de soie qu'en élevant le bras j'aurais pu toucher, *qu'en fait tout le monde pouvait toucher*, mais personne ne le savait – sauf nous, les survivants.

Il doit être trois ou quatre heures du matin, je suis assise, redressée sur le lit, en appui sur les coudes, souffle coupé comme si je venais de me prendre un coup en plein ventre. J'ai vaguement la sensation que le haut de mon corps vient d'expulser quelque chose et que cette expulsion s'est faite en un jet massif, brutal. J'essaie de rassembler mes esprits – ai-je fait un cauchemar, suis-je malade, mon fils m'a-t-il appelée ? L'air dans la pièce est moite et saturé, c'est pourtant la fin de l'été mais la chaleur n'en finit pas, on a l'impression qu'elle ne nous lâchera plus, qu'elle a décidé de durer encore des mois, assiégeant la ville et ses habitants, l'appartement est sous les combles et la température le soir dépasse parfois les trente degrés dans les chambres. Je n'ai pas songé à cela il y a un an lorsque, moins de dix mois après avoir quitté précipitamment la maison familiale pour emménager, au pas de course car je ne disposais que de cinq heures, et avec l'aide de trois copains, d'une petite camionnette et de mon vélo hollandais, dans le petit meublé en rez-de-chaussée, j'ai refait mes cartons pour m'installer dans cet appartement sous les toits en espérant cette fois y rester durablement, disons que je n'ai pas songé au fait que l'état de la planète s'était à ce point dégradé, qu'il était fort probable que les vagues de canicule désormais se succèdent, que l'isolation d'un appartement était devenue un aspect capital qu'il ne fallait en aucune manière négliger, il y a un an je ne pensais ni à la planète ni aux vagues de canicule ni aux problèmes d'isolation, je ne pensais qu'à l'état de santé de mon fils de 6 ans, greffé de la moelle osseuse quelques mois plus tôt pour tenter de survivre à une leucémie aiguë, mais aussi à celui de mes deux filles, qui avaient dévissé chacune à leur tour, s'effondrant brutalement l'une puis l'autre, et mon cerveau, obsédé par la santé de chacun de mes trois enfants, était incapable de prendre en considération le moindre élément étranger aux mouvements de chute, affaissement, consolidation, aggravation, embellie de notre petit quatuor familial – même la pandémie m'était passée au-dessus de la tête, je n'y avais guère vu qu'une menace vague et lointaine, en aucun cas comparable à celle, réelle, indiscutable, imprégnant nos vies, de la rechute possible, alors franchement, il y a un an, la chaleur sous les combles, franchement, c'était bien le cadet de mes soucis.

Mon fils est désormais en rémission complète et au cœur de l'été, ce 17 juillet 2022, nous avons franchi le cap décisif des deux ans post-greffe. Ce jour-là, nous étions à Nice, lui et moi, et la journée a filé, légère et rapide – incroyablement légère et rapide. La veille, des amis étaient arrivés à la maison, et à dix-neuf heures nous nous sommes tous retrouvés dans le jardin, j'ai proposé à Adam un verre de Champomy et au moment de trinquer un vertige m'a saisie, je me suis demandé s'il était opportun que je dise quelque chose mais plusieurs pensées m'ont assaillie en même temps, d'une part quels seraient les mots, les phrases qui pourraient *rendre compte de ça*, de ce que cela représentait pour Adam et moi, la quasi-victoire après deux ans de combat pied à pied avec la maladie, d'autre part j'avais en face de moi le visage radieux d'Adam, tout occupé à observer notre petite chatte qui grimpait à l'arbre, et je me disais qu'évoquer à cet instant la greffe, même victorieuse, l'assombrirait certainement, le projetant aussitôt dans ce qui demeurait pour lui irreprésentable, alors je n'ai rien dit, je me suis laissée aller au mouvement général et j'ai simplement brandi mon verre haut vers le ciel, j'étais heureuse, tellement heureuse – à dire vrai, tellement perdue aussi : je levais mon verre à notre victoire mais la réalité c'est que je vivais toujours au jour le jour. Depuis le 17 mars 2020, jour de notre arrivée à l'hôpital et de l'annonce de la leucémie, le temps demeure meurtri, incapable de se redéployer – j'ai perdu la sensation d'horizon. Sur la nouvelle carte de mon existence, l'avenir n'existe pas, les souvenirs ne se constituent pas. Il me semble vivre dans un présent atomisé, un espace-temps qui ne parvient pas à se fondre dans l'espace-temps commun, alors même qu'aujourd'hui il lui ressemble à s'y méprendre : Adam retourne à l'école, j'ai à nouveau du temps pour écrire et travailler, je me suis installée dans un appartement que j'ai eu plaisir à aménager, il m'arrive de partir en vacances, je revois mes amis… Oui, la vie semble avoir repris, pourtant le lien aux autres, la sensation de présence au monde, le rapport au temps, tout, absolument tout demeure cisaillé. J'ai le sentiment d'avoir perdu quelque chose pour toujours. Qu'ai-je perdu ? Qu'avons-nous perdu ? Adam m'a tendu son verre et je l'ai regardé peut-être plus intensément que d'ordinaire, lui aussi m'a fixée intensément, mais tout ce que fait Adam est intense aussi n'en ai-je tiré aucune conclusion, j'ignorais si lui, le fou de dates et de chiffres, avait réalisé que nous étions à la date anniversaire de la greffe, nous avons trinqué, tchin et voilà tout, c'est comme ça que le cap des deux ans de greffe a été franchi, légèrement en somme, dans la moiteur et la beauté de notre petit jardin niçois, les rires de mes amis Boris et Delphine et de leurs enfants. Quelques semaines plus tard, à la fin de l'été, le chef de service qui suit

Adam depuis sa sortie de l'hôpital déclarait, sur le ton unique qui le caractérisait, très professoral mais sous lequel perçaient une légèreté et un humour vivifiants : « Bon, maintenant on va pouvoir commencer à se détendre », et c'est ainsi que, depuis, Adam et moi sommes, en quelque sorte, entrés dans une nouvelle ère, celle des « deux ans post-greffe », qui très concrètement signifie : risque désormais très bas de rechute. On allait pouvoir commencer à se détendre.

Sauf qu'il doit être trois ou quatre heures du matin, que le réveil a été brutal, et que j'ai la très désagréable sensation d'avoir été terrassée par quelque chose dans mon sommeil.

Comment vivre après le combat ? La question m'obsède depuis des semaines. À présent que nous avons enfin atteint un rivage sur lequel mes trois enfants et moi tenons à peu près debout et qu'il ne s'agit plus de se battre chaque jour pour survivre, à présent que nous sommes tous les quatre installés dans un appartement calme et lumineux au charme certain, malgré le fait que je me cogne en moyenne trois fois par jour la tête contre ses murs – résultat d'une combinaison chez moi infaillible : espace aménagé dans d'anciens combles + incapacité à avoir conscience des limites de mon corps dans un lieu donné –, j'aspire à vivre. Ou à revivre. Ou à découvrir une nouvelle façon de vivre. Quel est le mot, l'expression juste ? Je ne sais même pas comment exprimer ce que je cherche, je ne sais pas ce que je cherche.

La chatte a dû m'entendre bouger et, croyant sans doute que c'est l'heure de la fiesta, s'est mise à miauler et gratter contre la cloison en bois et verre qui délimite mon espace de nuit. Je me suis redressée : « Chut ! » lui ai-je intimé en brandissant un index. Mais cela n'a fait apparemment que redoubler son entrain, car elle gratte et miaule de plus belle. La cloison couine et oscille sous ses coups de patte. À force d'obstination, elle parvient à en entrouvrir les portes et atterrit contre moi en bondissant et ronronnant, folle de joie d'avoir réussi son coup. Elle saute à présent sur les draps comme une diablesse, me mordillant la main, le pied, l'oreille. J'hésite entre le découragement et le fou rire et la prends contre moi. Je l'entends ronronner et ressens la chaleur incroyablement apaisante de son petit corps. Voilà : *avant*, j'avais un mari mais pas de chat, et jamais je n'aurais imaginé qu'un jour j'en prendrais un alors que mes filles me l'avaient réclamé pendant des années. Aujourd'hui, dans ce temps de l'après-combat, plus personne ne me prend dans ses bras mais j'ai désormais un chat qu'il m'arrive, moi, de prendre dans mes bras à trois heures du matin. *Avant*, je pensais que je n'étais pas ce genre de femme susceptible de fléchir devant les suppliques de ses enfants pour avoir un animal à la maison – *avant*, j'avais certaines idées toutes faites. J'ignorais qu'en un instant vous pouviez perdre tout ce qui faisait votre vie. Il y a cinq mois, un samedi matin d'hiver, j'ai traversé Paris armée d'un sac en cuir souple rose acheté quelques semaines plus tôt sur Internet après avoir étudié et comparé pendant plusieurs soirées entières les différents modèles proposés. J'ai sonné à la porte d'un appartement de Châtillon. Une jeune femme au visage très doux m'a ouvert, j'ai découvert cinq chatons tout blancs bondissant dans l'entrée et une myriade de chats, certains énormes, m'évoquant immédiatement le chat-bus du *Voisin Totoro* de Miyazaki, déambulant fièrement tout autour de nous. J'ai eu un bref instant de stupeur, on se serait cru dans une colonie de vacances pour chats, l'appartement était jonché de cartons éventrés (« vous verrez, cela ne sert à rien d'acheter un panier à chat, ils préfèrent les cartons ! » a tranquillement énoncé la jeune femme d'une voix chantante), jouets pour félins, baguettes à plumes, balles en mousse, tunnels pour chats, circuits à balles, arbres à chat, griffoirs et tout un tas d'autres objets que je n'avais jamais vus nulle part. Les yeux et les pommettes de l'éleveuse avaient eux-mêmes quelque chose de félin et je me suis vaguement demandé si, à force de vivre parmi des chats, elle n'était pas en train d'en devenir un – et aussitôt m'est revenue une image, celle de ce Français déjà âgé venu faire une conférence lorsque j'étais au lycée, qui avait vécu cinquante ans en Chine et que j'avais observé durant tout le temps de sa prise de parole, fascinée : ses yeux étaient bridés et son intonation ondoyante, comme si, à force de vivre en Chine, de comprendre et d'aimer ce pays, d'en parler parfaitement la langue, il avait littéralement fini par s'y fondre et en adopter les traits. L'éleveuse s'est baissée et a attrapé un des chatons, l'a porté à ma hauteur, « Voilà, c'est elle », elle a prononcé en me tendant l'animal, et je l'ai pris avec précaution dans mes bras. C'était une petite chatte toute blanche qui me fixait de ses yeux bleus. Il m'a semblé que son regard vacillait tout en s'accrochant à moi et je me suis souvenue que l'éleveuse avait mentionné un léger strabisme. Pour cette raison peut-être, je l'ai immédiatement aimée. J'ai senti sa chaleur et l'ai gauchement serrée contre ma poitrine. La chatte s'est pelotonnée sur mon épaule et est restée sans bouger. Voilà, c'était si simple en définitive. L'éleveuse m'a encore donné quelques conseils, fait signer des papiers auxquels je ne comprenais rien, et je suis repartie une heure plus tard, tenant précautionneusement le sac souple de couleur rose duquel s'échappaient de timides miaulements. J'avais l'impression d'avoir fait un truc dingue. Oui, *l'événement* – l'irruption de la leucémie de mon fils dans le champ du réel – a renversé l'ordre des choses. Ce qui me semblait, dans ma vie d'avant, tenir et se tenir, avoir du sens, les principes que j'avais érigés en garde-fou de mon existence, tout s'est retrouvé désintégré en une phrase, le mardi

17 mars 2020 à midi. Depuis ne m'a pas quittée la sensation de vivre littéralement *renversée*, mon corps battant l'air comme une grenouille et ne retrouvant pas la terre ferme. Je vis à la fois dans le monde de l'intense et celui du détachement. Pendant des mois, tout a été une question de vie ou de mort. Chaque instant a été interprété, ressenti, mesuré à l'aune de cette sentence, et ce qui échappait à ce découpage du réel n'existait tout simplement pas. Cela a eu pour immédiate conséquence l'intensité déchirante de chaque instant – et l'annulation d'une bonne partie du réel. Aujourd'hui, j'ai perdu le mode d'emploi de la vie dite normale : je ne sais plus comment vivre en dehors de cette intensité, ni comment réintégrer tout ce qui a été rayé de la carte. Une musique, un regard, un ciel, le feuillage d'un arbre… la beauté, le vivant me coupent le souffle. C'est violent, ça m'arrive d'un coup, au détour d'un instant. Et ça m'abandonne là, ça me jette dans l'instant suivant sans que je sache que faire de cette brûlure de joie. Mais, dans le même temps, je ne compte plus le nombre de fois où, même en compagnie d'amis proches, je me sens ailleurs, loin d'eux, débarquée de l'autre côté d'un fleuve et ne pouvant pas les rejoindre. Même dans les instants joyeux, ça ne colle plus parfaitement entre eux et moi, ça ne s'emboîte plus. Mon fils a dérivé pendant des semaines aux confins du royaume des morts et une part de moi est restée « là-bas ». Là où ça ne peut pas se dire, se raconter, se décrire. Et je ne sais que

faire de cette part-là, j'en suis encombrée, dé-centrée. La vie d'avant ne reprendra jamais, ça je l'ai bien compris. J'ai quitté ma maison, mon couple a été décimé, chacun de mes trois enfants et moi-même avons vécu une expérience radicale de déportation intérieure. La terre ferme d'avant n'existe plus que dans ma mémoire, murée dans des souvenirs que je me risque encore peu à convoquer, et il est clair que je ne la retrouverai jamais. Mais n'y a-t-il pas la possibilité d'en trouver une nouvelle ? On dit : « terre ferme », mais la terre est diverse, certains sols sableux, d'autres limoneux, d'autres encore argileux, chacun de densité différente... Alors, ne pourrai-je retrouver un nouveau socle, une nouvelle façon de me sentir « les deux pieds sur terre » ?

La chatte s'est enfin calmée et blottie contre moi. J'ignore ce qui m'a réveillée si brutalement, j'ai du mal à reprendre mon souffle. L'aube paraît hors d'atteinte. Il y a quelques jours, le président des États-Unis a évoqué un « risque d'apocalypse nucléaire ». Est-ce ces mots qui m'ont sortie de mon sommeil, eux qui ont provoqué, lorsque je les ai lus au petit matin alors que je déposais Adam à l'école, le même sentiment d'irréalité que celui qui m'a saisie le 17 mars 2020 ? Est-ce eux que j'ai voulu vomir dans mon sommeil ? Ce monde auquel je brûle tant d'appartenir de nouveau, ce monde que je cherche les yeux ouverts, existe-t-il encore ou n'est-il qu'un mirage, un souvenir du passé que nous conserverions dans nos mémoires, que nos enfants ne connaîtront quasiment pas, que leurs propres enfants ne verront pas ? Les arbres, les odeurs bouleversantes d'humus, les feuilles rouge et or en automne, les forêts somptueuses, les odeurs suffocantes du printemps, le vol des hirondelles à tire d'ailes dans le ciel, les papillons de toutes les couleurs voletant au-dessus de nos têtes, le piaillement des oiseaux fendant soudain le silence, l'eau limpide des rivières, le bourdonnement des insectes, tout ce qui a fait l'enchantement du monde n'est-il pas à l'agonie ? Durant tout l'été, des incendies ont ravagé des forêts, ils continuent de ravager des contrées entières en Californie, en Australie, au Brésil, les trentenaires hésitent à avoir des enfants, nos enfants murmurent qu'ils n'en feront pas. Tant d'hommes, de femmes, d'enfants déplacés, n'ayant d'autre choix que de fuir, de gagner un ailleurs pour sauver leur peau, réfugiés politiques, économiques, climatiques… Le monde lui aussi est *renversé* depuis l'année 2020, de plus en plus renversé, même – au bord du désastre écologique et géopolitique. Lui non plus ne tient plus. De la même manière que, il y a trois ans, je n'aurais jamais pu imaginer que je me retrouverais quelques semaines plus tard assise dans un fauteuil en velours violet dans lequel un médecin m'annoncerait que mon fils âgé de 4 ans et demi était atteint d'une leucémie aiguë myéloblastique, ce qu'il y a encore cinq ans nous n'aurions jamais cru possible – le retour de la guerre en Europe, l'imminence de la menace nucléaire, les robinets d'eau à sec dans nombre de villages de France, etc. – est là, sous nos yeux, images insoutenables, déchirantes, anxiogènes. Il y a eu le « monde d'avant », qu'on a sans transition découvert révolu, d'aucuns semblent résolument croire au « monde de demain », deux expressions qui saturent l'espace médiatique, mais pourquoi le monde tel qu'il existe sous nos yeux, le monde d'aujourd'hui, n'est-il jamais nommé ? Est-il à ce point irreprésentable ? Sensation lancinante qu'il n'y a plus de *centre* nulle part.

Depuis plus de six mois, j'essaie de me remettre à écrire. Essayer d'écrire, ça veut dire : passer mes journées à tourner en rond chez moi. Depuis des années, je n'ai rien trouvé de mieux. Je tourne en rond dans mon salon (qui est aussi ma chambre), lentement, pesamment, toujours dans le même sens et à la même cadence ; il m'arrive parfois, dans un éclair de lucidité, de me dire que si quelqu'un entrait dans la pièce, il serait atterré, je dois ressembler à un hippopotame échoué dans un séjour ou à une folle en proie à des hallucinations, mais personne n'entre jamais dans cette pièce lorsque j'y écris, et je suis prête à tout pour faire s'effondrer le mur, pour trouver un chemin, pour trouver un souffle – pour écrire à nouveau. Je suis à la recherche d'un nouveau centre de gravité dans mon corps, un point d'équilibre très bas, ardu à atteindre et plus encore à maintenir, un état fragile où le mental est engagé sans pour autant diriger les opérations. Je cherche, comme je le répète cinquante fois par atelier d'écriture aux groupes qui choisissent de me faire confiance, à atteindre « l'état d'être écrit ». « Ce n'est pas le cerveau qui doit être aux commandes, ne soyez pas volontaristes », je les enjoins avec ferveur. « Acceptez que ce soit l'écriture qui vous emporte, qui ouvre un champ nouveau où vous n'êtes peut-être jamais allés. » « Faites-moi confiance », j'ajoute avec douceur, consciente soudain que je leur demande de se jeter d'une falaise en leur assurant qu'en bas un tapis de mousse extraordinairement moelleux, odorant, enchanteur, les attend. « Il y a toujours un chemin qui finit par se faire, un chemin intérieur, même si on tâtonne pendant des semaines, des mois. » Durant tout le temps de l'atelier, je suis souveraine. À peine rentrée chez moi, ma souveraineté fond comme neige au soleil et, après quelques minutes passées à ma table de travail, je me lève brusquement et enclenche mon petit manège monomaniaque, tournant et retournant en rond, aux aguets, attendant que quelque chose prenne, que quelque chose se fasse, un mouvement intérieur – une porte intime qui enfin s'ouvrirait, permettant, à nouveau, le passage d'un flux.

Je me débats aussi avec des soucis d'argent qui me minent et me réveillent la nuit, à deux heures du matin je compte et je recompte, refaisant un nombre incalculable de fois les mêmes additions et soustractions, celles-ci s'avérant chaque fois désespérément justes, je suis sans cesse à découvert, ce que je gagne en ateliers d'écriture, lectures et accompagnement de manuscrits disparaissant aussitôt, englouti dans des factures auxquelles s'est ajoutée ces derniers mois celle, exceptionnelle, de l'éleveuse à laquelle j'ai acheté le chaton, l'acquisition de ce dernier m'ayant coûté une petite fortune alors même que ma voisine de palier, à la tête d'une association de protection des chats abandonnés, m'a plusieurs fois proposé de m'en donner un. Mais déclinant son offre j'ai passé des soirs et des week-ends à faire des recherches sur Internet, à interroger amis et amis d'amis propriétaires de chat, à les harceler de questions, pour en arriver à une conclusion définitive : il nous fallait un sacré de Birmanie. Seul un sacré de Birmanie, dit aussi « chat-chien », parviendrait à établir une relation forte et apaisante avec mon fils. J'ai par conséquent esquivé les propositions généreuses de ma voisine et remué ciel et terre pour dénicher un sacré de Birmanie que j'ai fini par trouver chez l'éleveuse au visage félin, à Châtillon.

Bref, j'en suis là : des soucis d'argent en pagaille et, en septembre, les quelques pages laborieusement écrites depuis le mois de mars balancées à la corbeille. « Mais d'où vous vient votre énergie *après tout ça* ? » m'avait demandé un journaliste qui avait dirigé un entretien avec moi en avril. J'avais fanfaronné : « De l'écriture. L'écriture appelle l'écriture, elle produit son propre mouvement, elle vous y entraîne. Elle vous galvanise. Elle vous sauve. »

La vérité, c'est qu'il n'y a pas d'écriture. Le livre auquel je m'étais attelée en mars, dont le projet était de restituer des visions de joie et de beauté qui m'habitaient depuis l'enfance, m'a peu à peu enfermée dans un état de terreur sans que j'en comprenne la raison. Le matin, je faisais tout pour repousser le moment où je commencerais à écrire. Je ressentais une envie subite de passer l'aspirateur, de lancer une machine à laver, d'arroser et de tailler mes plantes. Je rangeais des papiers, m'absorbais dans la lecture du *Monde*, faisais des recherches sur Internet sur tout un tas de sujets pour lesquels je me découvrais un intérêt nouveau. Tout était bon pour retarder l'instant où j'ouvrirais le fichier intitulé *JOIE*. Plus les semaines avançaient, plus apercevoir le mot *JOIE* sur mon écran d'ordinateur m'emplissait d'épouvante. Pourtant, lorsque j'avais décidé de me lancer dans ce livre, je m'étais félicitée de mon projet, sorte de pas de côté qui me semblait alors, dans ce fatras qu'était ma vie, le meilleur possible : déterrer, tels que je les avais gardés en moi depuis l'enfance, des instantanés de joie et de beauté – à commencer par la toute première image, intacte dans ma mémoire : moi, toute petite, tenant serrée la main de ma mère dans un halo de lumière éblouissante et passant avec elle près de grandes pelouses vertes et d'un arbre immense dont les branches ployaient à terre. J'ai écrit les premières pages tambour battant, euphorique : je tenais là mon livre de l'après-combat. J'allais pouvoir exhumer ce qui avait existé de rayonnant dans mon existence, le faire exister à nouveau par l'écriture et, ainsi, m'y arrimer, relancer ma trajectoire. L'écriture ne m'avait-elle pas toujours sauvée ? Au fil des jours, mon bonheur d'écriture s'est tari, je ne parvenais pas à redonner vie à cette matière qui un jour avait été de la joie, j'éprouvais au contraire un sentiment de perte définitive, ce qui avait été si heureux était mort à jamais, et plus je m'escrimais à essayer par l'écriture de refaire exister ces instants que j'avais crus à jamais vivaces, plus je ressentais de la nausée, à tel point qu'il a fallu qu'un matin je balance rageusement les pages écrites à la corbeille. Au soulagement que j'ai éprouvé dans les minutes d'après, j'ai su que j'avais pris la bonne décision.

J'ai beau chercher, tourner en rond des heures dans mon salon, aucune porte ne s'ouvre. Je commence à me demander si je n'ai pas eu tout faux en songeant à un pas de côté. L'heure n'est sans doute ni au pas de côté ni au moindre pas de danse, mais à du lourd : mon atterrissage dans une zone sécurisée. Il va peut-être falloir, au contraire de ce que j'avais pensé, « attaquer les choses frontalement », même si je n'ai toujours pas la moindre idée de ce que sont ces « choses ». Pendant des semaines, j'ai vu mon fils affronter la mort, je me suis couchée sur lui pour lui insuffler ma chaleur, et maintenant que la lutte est finie, tant d'images continuent de me hanter, se consumant au-dedans de moi, brûlant ma « maison intérieure », à la manière de déchets radioactifs qui conservent leur pouvoir de radiation des décennies durant. Aussi, qu'écrire aujourd'hui qui ne soit pas instantanément *anéanti* par elles ? Qu'écrire dont la puissance vitale puisse l'emporter sur la charge de destruction de ces images, qu'écrire qui puisse leur *sur-vivre* ? C'est comme si, après s'être joué pendant des mois entre la vie et la mort, le combat se jouait désormais entre écriture et extinction : entre une possibilité de re-mise au monde par l'écriture et l'implacable anéantissement des choses.

N'est-ce pas, d'ailleurs, la même quasi insoluble équation face au désastre du monde ? Qu'écrire qui tienne face au chaos, face à ces innombrables images de débâcle, de violence, de vies brisées, de civilisation à bout de souffle ? Quels mots face à tant de souffrance ? Écrire n'est-il pas devenu aussi vain que compter à l'œil nu les étoiles dans le ciel ?

Parfois, après plusieurs heures de travail au terme desquelles je finis par tout jeter à la corbeille, je me dis : après tout, pourquoi ne pas se contenter d'essayer de vivre dans ce nouveau présent – nouveau présent intime, nouveau présent collectif ? La tâche n'est-elle pas suffisamment ardue ?

Et pourtant, chaque jour, je recommence à essayer d'écrire. Au fond, je ne vois pas d'autre chemin pour réapprendre à vivre.

Je reçois un matin d'octobre 2022 un message Whatsapp. Un fil vient d'être créé, regroupant la majeure partie de ma promotion d'étudiants, qui fête cette année ses trente ans d'existence. Je parcours la liste composée d'une centaine de numéros de téléphone, certains rattachés à un nom. Parmi ces derniers figure celui du garçon avec qui j'ai vécu ma première véritable histoire d'amour. Je dis « véritable » pour dire : réelle, moi qui ai passé mon adolescence à vivre dans le fantasme obsessionnel. Mon histoire avec T. a été solaire, parfaitement heureuse. Je l'ai connu à 22 ans et nous sommes restés ensemble un peu plus d'un an. La dernière fois que je l'ai vu, c'était il y a vingt-deux ans, à l'occasion du vernissage d'une exposition de mes textes et de toiles d'une amie peintre. C'était début septembre 2000, ma mère était proche de la mort mais elle avait tenu à venir, s'y était préparée tout l'été, c'était sa dernière sortie et nous le savions tous. T. avait appris qu'elle allait mourir et était venu alors que nous ne nous étions pas revus depuis la fin de notre histoire d'amour, six ans plus tôt. Il était accompagné de deux amis. Nous n'avions pas échangé un mot, mais je me souviens de la façon dont nous nous étions regardés.

La lecture de son nom sur le fil Whatsapp provoque une telle émotion en moi que j'ai besoin de m'asseoir. Je ressens, dans tout le corps, un rayonnement chaud. Il ne s'agit pas d'une simple question de mémoire, de souvenirs heureux : il m'était arrivé au cours de ces vingt dernières années de repenser à notre histoire d'amour, je n'en avais quasiment rien oublié et j'aimais me remémorer certains épisodes, mais alors les émotions que ces souvenirs provoquaient en moi appartenaient au passé, ce qui relève bien entendu de la nature même du souvenir – nous savons que les événements qu'ils re-projettent au présent ont eu lieu dans le passé et, lorsque nous les retrouvons, nous en jouissons comme tels. J'étais heureuse d'y repenser, c'était très doux, mais cela n'avait jamais provoqué le rayonnement intense que je ressens soudain. J'ai le sentiment que, cette fois, il s'agit d'autre chose : le bonheur que je ressens n'est pas lié au passé, mais au présent. C'est un bonheur du mois d'octobre 2022. Pendant des jours, je garde en moi la sensation de rayonnement. C'est incroyablement heureux, comme si j'avais été inondée de lumière..

Pourquoi me souvenir aujourd'hui de mon histoire avec T. m'emplit-il d'un tel bonheur, alors qu'écrire sur des instantanés de joie depuis l'enfance m'a enfermée dans la terreur ? La lutte pied à pied contre la mort a-t-elle dézingué à mon insu jusqu'aux lignes immobiles où reposaient mes souvenirs depuis dix, vingt, trente, quarante ans ? Ce royaume endormi que depuis vingt ans d'écriture j'ai à cœur d'explorer, de fouiller, d'interroger, a-t-il lui aussi été *cisaillé* ? L'ordre qui y régnait a-t-il été bouleversé ? En d'autres termes : le combat que nous avons mené, Adam et moi, a-t-il éventré non seulement le présent, mais également ce qui subsistait du passé dans ma mémoire ? L'a-t-il *réorganisé* ?

Ça me prend parfois. Ça me retraverse tout entière. Je suffoque. Je dois m'arrêter dans la rue, attendre que la vague passe, que le souffle me revienne. La joie terrible, violente, de ce 24 août 2020, alors que, la main d'Adam serrée dans la mienne, nous parcourons lui et moi le couloir du service hémato et que ce moment me paraît s'étirer dans une lenteur infinie, comme s'il n'allait jamais prendre fin, comme si, avançant, nous n'avancions pas et que le reste de notre vie allait désormais se passer à faire dans ce couloir un pas puis un autre, main dans la main, terrassés par la joie et le sentiment de gratitude, en direction des portes battantes d'un sas dont nous nous apprêtons pour la dernière fois à actionner le bouton d'ouverture – comme si la vie allait dorénavant se vivre dans ce pas de deux qui apparaîtrait aux yeux des autres comme un sur-place, un pas puis un autre, puis un autre encore, puis un autre encore, et ainsi toujours à l'infini, mon fils et moi arrimés l'un à l'autre dans un couloir d'hôpital, mais un surplace qui n'en serait aucunement un, qui serait au contraire à chaque instant la résultante d'une épopée terrifiante et insensée aux confins de la vie, et celle d'un amour fou, celui d'un fils et d'une mère. Oui, ça me prend parfois et ça manque de me flanquer par terre. Le souvenir physique de la joie dans chaque cellule du corps, et de la sensation de triomphe. La vague finit par passer, le souffle par me revenir. Et cette joie, comment la garder intacte ? je m'interroge tandis que les cheveux d'Adam repoussent drus, que sa nouvelle moelle osseuse apprend à fabriquer à une cadence euphorisante des lignées de globules blancs, globules rouges et plaquettes, lesquels sont rondement dénombrés chaque jeudi matin en hôpital de jour (ce qui ne manque pas de susciter chez Adam et moi des exclamations d'allégresse, *4 000 PNN, 350 000 plaquettes, non mais tu te rends compte maman, mais c'est fou !*), et qu'il réapprend à vivre en lien avec les autres, ailleurs que dans un espace clos et stérile de six mètres carrés. Je l'emmène, le matin en semaine, lorsque le parc à côté de chez nous est quasi désert, faire deux ou trois descentes de toboggan, ce qui provoque chez lui et moi le même ravissement – se laisser glisser du haut, se réceptionner sur les fesses en riant et remonter aussitôt à l'assaut de l'installation, malgré les muscles encore faibles, nous apparaissant à tous les deux comme un instant de pure félicité. « Il faudra essayer de ne pas perdre *ça* », prononce Julie L., la pédiatre hématologue qui suit désormais Adam tous les mois, alors que je viens de lui confier combien la vie me semble désormais simple et poignante de beauté. Et elle ajoute : « C'est pour ça que j'ai tant aimé travailler à l'hôpital en hémato : pour la vie, l'intensité qu'il y avait là-bas. » Et je sais, au ton qu'elle a employé, à la manière très douce qu'elle a eue de prononcer ces mots, à l'expression rentrée de son regard, qu'en disant cela elle parle aussi des enfants qui n'ont pas survécu, qu'elle ne les oublie pas, et même : qu'elle les englobe dans cette évocation ardente, et instantanément je me sens à nouveau projetée à l'intérieur de la petite chambre, là où ce qui nous semble *ici* appartenir à deux espaces parfaitement disjoints : terreur et joie, mort et vie, absence et présence, là-bas s'enchevêtre, fusionne, formant un alliage unique à la texture déchirante.

Et, de fait, au cours de ces premiers mois, la joie est partout, irriguant chaque instant, puisant à la source vive de la redécouverte chaque matin de cette réalité insensée : Adam a gagné la guerre. Il est revenu d'entre les morts et il est là, parmi nous, dans son manteau jaune soleil, bondissant dans la rue, riant, jouant aux billes, dévorant des glaces framboise-citron, dévalant des toboggans, affamé de vie. Et tout me semble éclatant de beauté, comme si l'ordre du monde lui-même avait été restauré. Chaque jour, nous refaisons l'expérience bouleversante du vivant. L'avions-nous oubliée ? L'avions-nous perdue ? Risquions-nous chaque jour de la perdre de nouveau ? Et comment ne plus la perdre ? Comment rester en alerte ? Ne pas s'habituer ? Ne plus s'éteindre ? La terre après la pluie, la délicatesse d'une fleur, les variations infinies de la lumière, l'oscillation d'un feuillage, la beauté d'un ciel, la splendeur d'une aurore… Pour le moment, tout, absolument tout nous prend au corps et nous saisit, nous faisant nous sentir semblables à de grands oiseaux fendant le ciel redevenu infini. Il y a eu la déflagration, il y a eu la lutte, il y a eu l'enfant qui a manqué d'être emporté, et aujourd'hui il y a la vie, la vie triomphante. Et qu'est-ce qui pourrait être plus puissant que ça ? Qu'est-ce qui pourrait davantage compter ? Rien ne me fait peur, plus rien ne me fera peur, je pense chaque matin en me levant, dansant dans notre petit meublé. Car tout est là, précaire mais vibrant, il y a tout à reconstruire mais nous avons le présent avec nous, donc l'éternité, je m'émerveille, entraînant Adam dans ma danse, lequel m'emboîte le pas, dansant à sa manière bien à lui, une expression extatique sur le visage et le corps semblable à un accordéon, tour à tour se pliant et se dépliant.

Nous avons triomphé de la nuit et elle se tient désormais derrière nous, appartenant au passé, je veux croire avec assurance. Il faudra garder intacte cette joie.

Puis un à un les jours ont commencé à se succéder, et dans ce passage d'un jour à l'autre j'ai essayé de retrouver un mouvement intérieur perdu mais dont j'avais gardé l'empreinte intérieure : une forme de continuité et de recommencement. N'est-ce pas comme un mouvement de balancier qui se reproduit chaque matin ? Je me souviens, je me souviens très bien de cette sensation, mais je ne l'éprouve plus. Elle n'est plus là, les mois de combat l'ont désintégrée. À la place, je ressens autre chose : une impression de déplacement. Je ne suis plus là : je suis ailleurs. Je suis sans cesse ailleurs. Parfois, le « ailleurs » est un endroit merveilleux : je marche sur un trottoir parisien et brutalement je suis dans une forêt, dans des feuillages et des odeurs d'humus, et j'éprouve un plaisir inouï, je m'allonge sur des parterres de mousse et j'y répands mon corps, je me roule dans des feuilles rouge et or et j'entends leur craquement dans mon cou, j'enlace des troncs d'arbre, je m'y frotte les cheveux, le visage, le corps entier, je les respire jusqu'à l'ivresse et mâche leur écorce, je me fonds avec eux dans quelque chose de plus grand que moi, qui m'emporte dans un grand tout et me donne enfin, à nouveau, un sentiment d'appartenance. Quelque chose de moi (quoi ? mon corps *détaché* ?) continue d'arpenter les rues de Paris, mais mon souffle l'a déserté, ce qui reste à Paris n'est qu'une carcasse creuse, moi je suis *là-bas*, plus vaste que mon corps, *répandue*, et tandis que je m'engouffre dans le métro bondé, la trottinette d'Adam sous le bras, le sac à goûter dans l'autre main, je me dissous dans l'espace, le ciel et la lumière d'automne, dans une verticalité et une horizontalité qui en ont enfin fini de s'annuler, je me baigne à l'aube dans des rivières et l'eau me saisit et me lave et me rend au monde, je cours pieds nus sur des sentiers odorants en levant les bras pour m'emplir du souffle du monde – ce qui a été déchiqueté est pansé par la joie et s'étend à l'infini. Mon cerveau se dilate sous les images, mon corps ploie, et brûle, je ne suis pas ici mais là-bas, là où c'est sans limites, là où c'est si beau, tandis qu'en parallèle, somnambule, je croise des visages fatigués, soucieux, des regards éteints, j'ai le sentiment que le pays entier souffre de dépression collective, accablé de chagrin et de son sentiment d'impuissance devant les images du monde en décomposition, les images insoutenables qui à toute heure saturent les écrans, les difficultés innombrables du quotidien, les rêves broyés par la réalité écologique et économique, le présent écrasé. Mais pour moi qui reviens du combat avec une énergie féroce, une joie terrible, une envie de vivre démesurée, comment consentir à un présent écrasé, à un monde à l'agonie ? Courant dans les rues encaissées je me blottis dans la forêt, je dévale les sentiers odorants, je me coule dans les rivières, et j'y demeure résolument, préférant être coupée en deux, ici et là-bas, que déposée ici.

Mais parfois il s'agit d'un tout autre déplacement : brutalement le temps se rompt et redevient élastique, formant une boucle qui me ramène au printemps 2020 et à la petite chambre au lino bleu, aux côtés de mon fils, dans un présent dilaté, sans passé ni avenir. Et alors je revis tout. Je revis l'intensité des regards, l'intensité des instants, les paroles rares mais vraies, les gestes de compassion, la main d'un médecin posée sur mon bras, la force silencieuse d'un interne, le regard brûlant d'Adam, nos mains entrelacées, lui partant à la dérive, mon corps de louve couchée sur son corps, le combat heure après heure lors duquel même la peur n'a plus sa place, la bouleversante humanité qui règne entre les murs de la petite chambre alors que nous allons peut-être perdre (nous ne le savons pas, nul ne le sait), que nous sommes peut-être en train

de perdre (nous ne voulons pas le savoir, l'équipe médicale, elle, le sait peut-être), et que pourtant il faut remporter la victoire sur chaque instant. À nouveau je suis branchée sur la note vibratoire qui a été celle de tous ces jours et nuits traversés par l'effroi et la joie, hors du temps et hors du monde. Mon corps est dans cet espace clos où la texture de l'air est à ce point compacte qu'on pourrait la palper, la comprimer, la serrer contre soi, et où le moindre frémissement de quiconque, Adam, moi, un soignant, un médecin, une femme de ménage, ajoute quelque chose au monde pour toujours et à jamais. Ce présent-là se creuse chaque jour d'autant d'entailles vives qui marquent la vie, son passage, même aux confins de la mort : suspendue, quasi à l'arrêt, la vie se vit pourtant, plus brûlante que jamais. Assise sur une chaise, un canapé, un strapontin du métro, j'ai déserté mon corps et je suis là-bas, sur le ring, sur-concentrée, aux côtés d'Adam allongé imbibé de morphine, Adam assis souriant, Adam essayant de remarcher, Adam recevant le don de moelle osseuse de sa sœur, et je lutte, de toutes mes forces je lutte, aux prises avec un présent éternel – je suis égarée dans le temps, je suis égarée dans l'espace, j'ai oublié que tout ça c'était fini, ce n'est pas fini, c'est maintenant, c'est là, c'est toujours
– c'est toujours

jusqu'à ce que soudain – à la faveur de quel flash, de quelle diffraction temporelle ? – soudain je me souvienne que nous avons fini par en sortir, de ce temps, de cette chambre, de ce combat, Adam agrippé à mon bras, vivant. Et je ne suis pas certaine de parfaitement comprendre ce que cela signifie, mais je m'oblige à m'extirper de la chambre au lino bleu, et cela me demande une énergie immense, une volonté terrible, quelque chose malgré moi veut m'y garder pour toujours, m'y enfermer comme à l'intérieur d'une forteresse, m'y emmurer pour le restant de mes jours, mais je n'y cède pas, je choisis de quitter le champ de bataille, je me souviens qu'il faut aller chercher Adam à l'école, je quitte la chambre au lino bleu, je prépare en vitesse fruits et barres chocolatées, je claque la porte du petit meublé, les bruits, les odeurs âcres, le flux de la ville fondent sur moi. Et où tout cela peut-il se retrouver maintenant que nous sommes « au-dehors », je me demande hébétée en me mettant à courir tout en réajustant la trottinette d'un haussement rapide de l'épaule de manière à ce qu'elle ne glisse pas à terre, cela peut-il seulement se retrouver, pourquoi faut-il que j'aie vécu tout ce que la vie peut avoir d'intense et d'incommensurable au moment où nous allions peut-être la perdre, pourquoi faut-il que j'aie éprouvé sa force vive, ardente, lorsque j'étais « dedans », au sein d'un petit espace protégé de six mètres carrés étanche au reste du monde et tandis que nous luttions pied à pied avec la mort ? Pourquoi, dedans, au bord du gouffre, tout a-t-il été si vrai et pourquoi, maintenant que je suis au-dehors, ne trouvé-je nulle part ce que je continue de chercher et cherchais depuis si longtemps, bien avant l'*événement* : un rapport intense et authentique aux autres, au monde, à moi-même ? Où est la « vraie vie », au-dedans ou au-dehors, je me demande, ne sachant plus s'il faut désormais oublier ou se souvenir. Je cours, je cours. Les frontières de ma vie sont étroites mais une envie terrible de vivre les repousse au plus loin. J'arrive, essoufflée, devant l'école, je pose la trottinette sur le trottoir, cherche Adam du regard parmi les autres enfants, je l'aperçois soudain me faisant signe, un sourire lui dévorant le visage

et alors,
alors
chaque fois le miracle se produit : soudain je ne suis plus déplacée. Soudain tout reprend sa place exacte dans l'univers. Il est là, mon fils, IL EST LÀ, comme les autres enfants il sort de l'école, son cartable sur le dos, comme si rien n'était plus naturel. J'entends les rires des enfants, leurs bousculades joyeuses. Derrière le corps d'Adam, en ombre tremblée, je vois se dessiner un vide, je vois se dessiner ce qui aurait pu être. Une brève seconde je serre mon fils contre moi. Je chasse l'image du vide, je la

vomis, lui balance des coups de pied. Je tends un fruit à Adam. Et ce un jour après l'autre, un jour après l'autre.

Et pourtant, rien ne recommence. Le temps ne se redéploie pas. Il est devenu élastique, mais il ne se redéploie pas. Il reste – éventré.

Mon ami A., qui a perdu l'année dernière son fils aîné, renversé un soir par une voiture, me répétant, intensément : il faut bien continuer à vivre. Je veux être le même qu'avant. Je veux vivre comme avant. Je ne supporte pas qu'on me parle de *ça*. Je veux qu'on me regarde comme celui que j'étais avant. Martelant ces mots, s'y agrippant, comme on cherche éperdument à s'agripper à ce qui n'est plus.

Dans la pénombre du bar, je regarde A., ses yeux bleus, fiévreux, magnifiques. Je l'écoute. Je pense au texte de David Grossman, *Tombé hors du temps* : *En un instant nous avons été exilés / Sur une terre aride / On est venu de nuit, on a frappé à notre porte / On a dit : À telle heure / À tel endroit, votre fils / Untel*. Nous savons, A. et moi, que nous n'avons pas été éjectés au même endroit de la vie. Là où nous sommes chacun, ça ne peut pas se rejoindre. J'aimerais lui tendre une main, qu'il la saisisse et s'extraie du trou où il a été précipité. Je sais que c'est impossible. Je pense qu'il ne me viendrait pas à l'idée de prononcer les phrases qu'il prononce. Je pense que, pour moi, ces phrases-là n'ont aucun sens : je sais depuis le 17 mars 2020 que je ne suis plus la même qu'avant et que la rupture est définitive, irrévocable. Je ne revivrai jamais plus comme avant, mais je sais que je suis – quelque part. Je pense que ce que je cherche, moi, ce que je cherche de toutes mes forces, c'est comment vivre de l'autre côté du champ de bataille. *En toute vitesse ils ont tressé / Un filet serré, l'heure / Et la minute, l'endroit exact / Et le filet avait un trou, tu / Comprends ? / Dans le filet / Serré il y avait / Vraisemblablement un trou.*

Impossible de le dire à A., pour qui il n'y a pas eu de champ de bataille. D'un coup il s'est retrouvé – nulle part. Mais pas : de l'autre côté. Ce qu'il vit, son rapport au passé, au présent, à l'avenir, n'est pas ce que je vis. Lui, ce qu'il cherche, c'est sur-vivre. *Et notre fils / Est tombé / Dans un gouffre –*

Juste avant que je ne me lève, A. me saisit le bras et me chuchote : il n'y a qu'à toi que je peux parler de *ça*. Sur son visage, un sourire très doux.

Tout aurait pu, la vie entière aurait pu être – anéantie. Elle nous imprégnait tant, cette connaissance, on baignait dedans, on y flottait, immergés dans sa réalité aqueuse. Depuis que nous étions sortis de l'enfer, je savais que la mort était tout près, une réalité tout près, un monde flottant dans un tissu de soie qu'en élevant le bras j'aurais pu toucher, *qu'en fait tout le monde pouvait toucher*, mais personne ne le savait – sauf nous, les survivants.

Au fond, c'était peut-être ça que l'*événement* m'avait appris.

Sans doute, s'il me prenait l'envie d'interroger des enfants sur ce qui vient après la guerre, la plupart me répondraient : la paix. C'est ce qu'on apprend à l'école, dans les manuels d'histoire. C'est ce qu'on apprend quand on n'a pas connu la guerre. Quand le mot « guerre » reste une abstraction – quand elle n'a pas défoncé la vie. Après la guerre vient la paix.

Pendant des soirées entières, je visionne et revisionne, sur le site de l'INA, dans un état d'émotion tel que je dois parfois interrompre la vidéo, les cinq heures d'entretien de Simone Veil au cours desquelles elle raconte sa vie et sa déportation. Il m'arrive de repasser en boucle certains passages, de les réécouter trois, quatre, cinq fois. J'ai besoin de l'entendre et de l'entendre encore, rivée à la lumière mate de son regard qui paraît s'adresser à son interlocutrice et qu'on sent pourtant comme absorbé au-dedans, tout entier retourné *là-bas*. Bien sûr, je sais parfaitement que la réalité impensable, irreprésentable des camps de la mort n'est en aucune façon, en aucun point, comparable avec ce que j'ai traversé, moi. Qu'il serait abject, ignominieux, d'oser tisser le moindre écho entre ces deux expériences. Tout en moi le sait.

Et pourtant, la vérité nue, intime, entre moi et moi, celle qui m'enserre tout entière lorsque j'écoute Simone Veil, même si j'ai terriblement *honte* de la ressentir au moment où elle me traverse, la vérité est que certains mots, certaines phrases de Simone Veil, il me semble que je pourrais prononcer exactement les mêmes lorsque j'essaie de raconter ce que nous avons traversé, ces jours et ces jours où Adam s'est tenu aux confins de la mort, et luttait, et était seul, absolument seul, même si moi j'étais couchée sur lui, et que je le voyais partir, et que je ne pouvais rien faire, et que je continuais à rester couchée sur lui, car qu'aurais-je pu faire d'autre, et qu'il partait là-bas, et que moi j'étais ici, et que certains matins lorsque j'arrivais à l'hôpital je me demandais si le soir il serait toujours vivant. La vérité est qu'il me semble que, dans un cas comme dans l'autre, c'est l'expérience de la destruction du sens, et de la pulvérisation du langage. Tuer des gens en masse, en les regroupant, parce qu'ils sont juifs, ou tziganes, ou homosexuels, ou opposants politiques. Voir son enfant de 5 ans atteint d'un cancer du sang couché dans un lit d'hôpital.

Et cela n'a rien à voir, je le sais, et pourtant c'est ça qui se produit, cet écho-là, effrayant, qui me coupe le souffle, et que je ne peux dire à personne.

Est-ce que cela a été le bonheur escompté ? demande la journaliste à Simone Veil, évoquant les mois qui suivent le retour des camps.
Pas du tout. Beaucoup de difficulté à vivre, longtemps. D'abord parce qu'on se sent complètement déplacé. On se sent déplacé – même, gauche.

Avant, si on m'avait demandé d'évoquer mon passé en une image, j'aurais répondu que je le visualisais enfermé dans une malle en fer, un peu déglinguée mais solide, capable année après année d'adapter sa contenance pour accueillir tous les souvenirs que ma mémoire choisissait de conserver. Au fil des jours ceux-ci s'étaient accumulés et la malle avait tout absorbé sans rechigner, je l'avais trimballée sans m'en préoccuper au gré des différentes époques de ma vie. J'aurais peut-être ajouté, avec une tranquille assurance, qu'il n'y avait à ça rien d'extraordinaire, que ce n'est pas tant la manière dont on se représente son passé que la faculté et, plus encore, le *désir* de se souvenir ou d'oublier (de fouiller de temps à autre dans la malle ou au contraire de lui balancer des coups de pied) qui définissent chacun dans son rapport au temps. À l'évidence, je faisais partie de ceux qui avaient besoin de fouiller dans la malle, je croyais avec ferveur que nommer le passé, lui redonner une forme, permettait de vivre le présent, permettait de vivre tout court, et l'écriture avait été mon instrument de fouille. Celle-ci m'était d'autant plus nécessaire que ma mémoire fonctionnait depuis toujours de manière fantaisiste, oubliant quantité d'événements, de visages, de lieux, pour ne garder que quelques empreintes sensorielles très précises (la vibration d'une voix, la lumière d'un paysage, le son d'un livre, d'un film...) auxquelles je me référais par la suite lorsque je cherchais à me souvenir. Bref, la malle m'était familière comme peut l'être un vieux grenier dont on connaît intimement l'odeur mais qui, n'ayant jamais été éclairé ni aménagé pour qu'on y circule aisément, rend possible à chaque visite la découverte d'un nouveau trésor.

À l'instant même où j'ai appris qu'Adam était malade, passé et avenir ont été rayés de la carte. Je ne me suis plus souvenue, je ne me suis plus projetée. La malle, elle, était vraisemblablement restée en rade quelque part, sur la terre ferme de mon ancien monde. Là où j'étais désormais, nulle place pour elle. Je vivais à l'intérieur d'une faille. Certains fantômes de mon passé nous rendaient parfois visite dans la petite chambre au lino bleu, mais ils n'étaient pas là en tant que résurgences : ils étaient là, tout simplement. Ils s'étaient glissés à l'intérieur de la faille pour vivre aux côtés d'Adam et moi ce que nous avions à y vivre. Pendant tous ces mois, ma mère, morte vingt ans plus tôt, s'est souvent tenue assise dans un coin de la chambre, bien droite, les mains sur les genoux. Elle ne disait rien. Elle nous regardait, Adam et moi. Je lisais dans sa posture, dans son regard, une grande concentration, une grande détermination. J'y puisais de la force.

Au fil des semaines, des mois qui ont suivi la sortie de l'hôpital, j'ai d'abord cru (ou voulu croire), ainsi que ceux qui nous côtoyaient, qu'Adam et moi étions rentrés de notre exil, que nous étions de nouveau ici, parmi eux, *parmi nous*, revenus au bercail, revenus à nos vies, à cheval sur l'axe du temps passé-présent-futur. D'ailleurs, ça en avait tout l'air : nous pouvions désormais évoquer le passé, proche ou moins proche, et, prudemment, réenvisager l'avenir. Adam me lançait parfois, l'œil fiévreux : « Tu te souviens, maman, un jour quand j'avais 3 ans, à Nice, on n'avait pas pu monter dans le bus 100 parce qu'il était bondé, c'était un mardi je crois ? » Je hochais la tête avec conviction et m'empressais de le rassurer, je me souvenais, bien sûr, je me souvenais. Ou bien : « Tu connais mon rêve, maman ? C'est d'aller rencontrer Totoro dans son pays. On pourrait peut-être y aller aux prochaines vacances ? » Je prenais une grande inspiration et lui expliquais que j'allais me renseigner sur le lieu exact de vie de Totoro, mais bon, il faudrait être un peu patient, le Japon, c'était loin – mais un jour, peut-être, nous nous y rendrions. Même moi, je me suis surprise à rêver de voyages dans des pays que je ne connaissais pas encore, le Japon, le Liban, la Finlande… Ainsi, souvenirs et projets ont reparu lentement dans notre vie, d'abord détachés puis s'agglomérant, formant jour après jour une vague, laquelle, de plus en plus ample, a entrepris de lécher les contours de la faille, les érodant, cherchant à nous en arracher, Adam et moi. Et chaque fois que nous avons senti la vague approcher, nous avons tendu les bras, impatients de nous abandonner au flux, de sentir sous nos pieds une terre neuve. Nous n'avions pas peur, de quoi aurions-nous pu avoir peur désormais ?

Et pourtant, nous n'avons pas sauté. Nous n'avons pas sauté. Qu'est-ce qui nous en a empêchés ? Qu'est-ce qui continuait de nous retenir ?

Je n'y pensais pas alors, mais si on m'avait posé la question, sans doute aurais-je répondu que, bien entendu, j'avais entre-temps récupéré la malle. Que je ne savais pas trop ce qu'il en était des cent cinquante-huit jours passés coupée d'elle, ni comment ce temps-là y serait réintégré, mais qu'à part ça, non, je ne voyais pas où était le problème, nous étions sortis de l'hôpital, nous avions réintégré l'axe du temps, ce qui avait été vécu appartenait au passé, ce qui restait à vivre, à l'avenir, et entre les deux, sur une ligne de crête encore un peu fragile, se tenait le présent.

Puis le printemps est arrivé, et avec lui mon projet de livre avorté sur des fragments de joie et de beauté. À l'inverse, l'apparition sur le petit écran de mon téléphone du nom de T. a provoqué en moi une sensation inouïe de bonheur. Je l'ai chérie pendant des jours, bercée au-dedans de moi comme un trésor qui me serait tombé du ciel, mais sans comprendre comment il se faisait que cette résurgence du passé, qui n'avait plus rien à voir avec mon présent, me bouleverse autant.

Y a-t-il un lien entre tout ça ? me demandé-je par moments, accablée, à la manière d'un détective examinant avec désolation les rares éléments dont il dispose – sauf qu'ici le détective enquête sur lui-même, et que l'objet précis de son enquête est sa mémoire, ou bien le temps, ou bien les déplacements intérieurs qu'a opérés, à son insu, la lutte contre la mort – lui-même ne le sait pas très bien.

L'ébranlement a commencé comme ça. Et je me suis rendu compte un jour que je ne comprenais plus rien à ce temps de l'après-combat. Je ne comprends plus la joie, je ne comprends plus le temps, je ne comprends plus où j'ai été déposée. Je me retrouve perdue sur un territoire que je ne reconnais pas, et malgré l'amour dont m'entourent mes amis, mes filles, je me sens égarée, dans l'impossibilité de nommer ce que je ressens.

Si le temps de la lutte a été innommable, le temps de l'après-lutte l'est tout autant.

« Est-ce que tu es heureuse ? » me demande mon ami Pascal alors que nous dînons un soir de septembre 2022 dans un petit bistrot du XXe, à côté d'un couple qui, au début du repas, se parlait avec une vive tendresse et maintenant s'embrasse passionnément. Sa question me laisse aussi interdite que s'il s'était soudainement adressé à moi en mandarin. « Heureuse ? », j'articule dans un souffle. « Mais c'est beaucoup trop tôt. Je n'en suis vraiment pas là. »

Ma réponse laisse Pascal aussi interdit que si je lui avais répondu en sanskrit. Et c'est là que m'apparaît, d'un coup, que pour Pascal, qui s'est tenu en dehors de l'événement de la maladie de mon fils, c'est-à-dire en en suivant les étapes principales, qui lui ont chaque fois été rapportées une fois advenues, mais sans les *traverser*, comme, au fond, tous ceux que je connais, à l'exception d'Adam, du père d'Adam, de mon père et de mon amie Céline, l'événement appartient au passé : pour Pascal, il a eu lieu il y a plus de deux ans – il *a eu lieu*.

Tandis que moi, je suis dedans. Je suis toujours dedans. Dans son interminable spirale vibratoire, son enroulement sans fin
– toujours je suis dedans.

Nous nous dévisageons l'un l'autre, désemparés. À côté de moi, l'homme saisit les mains de la femme et les étreint, dans un geste qui me bouleverse.

Et c'est jusque dans la langue que se traduit l'ébranlement de mon monde intérieur – je veux dire, jusque dans mon rapport intime au langage : dans ce que les mots me font, sensoriellement, en termes d'onde vibratoire sous la peau. À présent, certains d'entre eux déclenchent en moi une émotion violente, une déchirure sous les côtes, dans le ventre, au point qu'il me faut interrompre ma lecture. Les plus fréquents :

effacement – s'effacer
disparition – disparaître
traces
empreinte

Ce peuvent être aussi des phrases de chansons ou de films :

Un jour tout ça aura disparu
Le vent l'emportera

Tout disparaîtra
Tout ça s'effacera un jour

J'ai d'abord cru que l'émotion était liée à l'évocation de la mort, en embuscade derrière ces phrases. Mais ce n'est pas ça, je le sais aujourd'hui. D'ailleurs, le mot « mort », compact, figé, ne provoque chez moi aucune émotion particulière. C'est autre chose. C'est lié, me semble-t-il, à ce qui subsiste (ou pas) du passé dans le présent. À ce qui a été perdu (ou pas) entre le passé et le présent. C'est une question de mouvement, d'élasticité du temps – de *ressort* du temps.

La même émotion peut surgir au détour de la lecture d'entretiens, d'articles de presse. Je suis tombée un jour sur l'interview d'un psychiatre. Celui-ci soutenait, s'appuyant sur une étude, que la plupart des personnes ayant vécu une expérience de mort imminente entretenaient ensuite un rapport à la vie plus apaisé et heureux qu'auparavant. Leur peur de la mort était atténuée et leur envie de vivre affermie, contrairement à ceux qui avaient frôlé la mort sans vivre cette expérience et restaient souvent angoissés, sujets au stress post-traumatique. J'ai lu et relu l'article plusieurs fois, touchée au vif, me sentant intimement concernée. Bien sûr, j'ai pensé à Adam, qui depuis quelques mois luttait contre un syndrome de stress post-traumatique, en proie à de violentes crises au cours desquelles, terrassé par l'angoisse, il devenait violent. Mais je sentais que ce n'était pas à cet endroit-là que j'étais bouleversée : cela me concernait moi, et non mon fils. Ça venait toucher une zone enfouie, hautement inflammable – laquelle, je l'ignorais. Le psychiatre explicitait l'expérience de mort imminente, évoquant une lumière rayonnante entraperçue au bout d'un tunnel, ainsi qu'un profond bien-être, une sensation de chaleur dont les personnes gardaient l'empreinte intérieure une fois revenues à la vie, aspirant même à la retrouver. L'image m'a fascinée. Je me suis dit que ce tunnel c'était, en quelque sorte, la jonction entre le temps et « l'après du temps » (l'après du temps n'étant ici nullement l'avenir, mais un territoire détaché du temps, ayant rompu avec le temps, un territoire « hors temps », en somme). Et je me suis demandé si ce phénomène de mort imminente n'était pas l'exacte inversion du souvenir – son retournement, d'une certaine manière : alors que le souvenir fait le lien entre ce qui a été (et ne sera donc plus) et ce qui est, à la faveur d'un processus neurologique d'une envoûtante sophistication (voyage dans le temps mental grâce à l'activation des cellules temporelles situées dans l'hippocampe), ce tunnel, lui, ferait le lien entre ce qui est encore (et sur le point de succomber) et ce qui ne sera plus, permettant un passage de conscience entre ces deux états par essence disjoints entre lesquels nul franchissement de frontière n'est possible. Dans les deux cas, il s'agit d'une distorsion de la conscience permettant de (re)visiter, ou du moins d'entrevoir, le temps de ce qui ne sera plus. Je me suis figuré le souvenir et l'expérience de mort imminente tels deux ovoïdes pointant chacun vers le territoire du temps qui ne sera plus, s'y rejoignant peut-être, dans un hors-champ que je ne pouvais me représenter mais dont la simple évocation me bouleversait. Pour l'un et l'autre néanmoins, il ne s'agit que d'un voyage mental, fictif, sans doute fantasmatique, qui tisse une histoire qu'on se raconte à soi-même, celle-ci prenant la forme d'un souvenir ou d'une lumière rayonnante. Au bout du compte, qu'on soit aux portes de la mort ou en train de se souvenir, la seule réalité qu'on puisse toucher, c'est le présent – *ce qui est en train de se vivre.*

Alors, qu'est-ce qui m'ébranle tant dans ces mots, ces bribes de phrases, dans cette évocation d'expérience de mort imminente, au point que je dois interrompre mes lectures ? Éprouver ce qu'il y a d'illusoire à croire qu'on peut revisiter son passé et en retrouver une part – alors que ce qui a été ne sera plus, *le vent l'aura emporté*, les *traces* auront été *effacées*, et même si certaines demeurent et que je m'efforce de les suivre mentalement, réminiscence après réminiscence, rien, pas même mes efforts les plus insensés, ne me fera retrouver un instant de vie ? Rien que je puisse goûter, étreindre, toucher.

Rien que je puisse entendre. Rien *à l'intérieur de quoi je puisse être*. Tout aura – disparu.

 Je ne retrouverai pas les instants de bonheur vécus, même ceux que j'ai cru longtemps avoir conservés en moi et sur lesquels j'ai imaginé l'année dernière pouvoir écrire afin de les remettre au monde, de les faire exister une seconde fois. Moi qui crois avec ferveur en l'écriture et qui ai donc pensé, lorsque j'élaborais mentalement ce projet d'écriture, à ce moment si particulier de ma vie où je ne voyais plus grand-chose, que l'écriture me permettrait de *retrouver ces instants*, de les revivre et d'y puiser la lumière qui éclairerait ma route... sans doute la nausée, l'épouvante éprouvées à mesure que je m'enfonçais dans ce projet trouvaient-elles leur origine dans le fait que je ressentais, à mesure que j'écrivais, que ces instants avaient bel et bien été rayés de la carte, rayés de *ma* carte, et que j'avais beau tenter de trouver le mot le plus juste, de chercher tour à tour la forme la plus simple ou la plus audacieuse, même l'écriture ne pouvait me rendre ces moments. Je plongeais à la recherche de ces éclats scintillants, je les déterrais, j'écrivais ma mère et moi passant près de grandes pelouses vertes, ma main dans la main de ma mère, la sensation de ma main contenue par la main de ma mère, la vision de grandes étendues vertes au-devant de nous sur notre droite, la lumière drue, quasi aveuglante, je cherchais à être au plus près de ce qui était demeuré en moi, à restituer les sensations, à restituer la lumière, à restituer les visions, mais les écrivant rien ne se passait. Rien ne se passait. Ça demeurait éteint. Ça demeurait mort. Même l'écriture était impuissante à ressusciter ce qui avait été. J'avais l'impression de me prendre un seau d'eau glacée en pleine figure : quoi que j'aie pu penser et affirmer pendant des années, dans le combat entre le temps et l'écriture, le temps était donc apparemment le grand gagnant.

Un jour, à 6 ou 7 ans, dans l'espace clos et écrasant de ce qu'était alors ma chambre, à quatre pattes sur le sol, j'ai attrapé une feuille de papier et un crayon, tracé quelques mots qui me venaient comme ça et, les écrivant, ressenti une sensation inouïe, inconnue. Des années plus tard, j'ai compris que cette sensation pouvait se formuler très simplement : me sentir vivante. Ce jour-là, quelque chose s'est inscrit dans mon corps, inoubliable, quelque chose qui m'ouvrait tout entière et que depuis je chercherais, affamée, de livre en livre. J'ai décidé alors, avec entêtement, avec obstination, que l'écriture me sauverait de tout, et qu'elle sauverait aussi les choses.
– et voici où j'en suis à présent, après le passage du rouleau compresseur de la leucémie d'Adam : un sentiment de perte irréversible plus lancinant, plus douloureux qu'avant, et le constat qu'à cela l'écriture ne peut rien, qu'elle ne pourra rien sauver du passé – ni moi, ni les choses.

Et si je tire encore le fil, si je continue d'essayer de comprendre pourquoi à présent je dois parfois brusquement reposer un journal, un livre, à cause d'un bout de phrase ou de certains mots rencontrés, me vient la sensation d'ébranlement que je ressens désormais à l'intérieur même du langage, comme si la langue elle-même avait vacillé, qu'elle était devenue poreuse, que les mots ne faisaient plus rempart entre le monde et moi, que la langue me déversait directement l'effacement, la disparition des choses. *Avant*, la langue érigeait une frontière entre moi et le monde. Elle était à la fois mon armure et ma lance, celle qui me protégeait et celle qui me permettait de nommer le monde, les autres, les événements – et, les nommant, d'en faire partie. Que s'était-il passé pour que la langue soit devenue si friable ? Pour que, lisant « tout disparaîtra », je ressente dans mon corps, sous mes côtes, dans mon ventre, l'effacement, la désagrégation des choses et qu'ainsi, au lieu que je sois renforcée par ce que la langue me permet de comprendre, de connaître, j'en sois comme dissoute ?

Tout aurait pu, la vie entière aurait pu être – anéantie. Elle nous imprégnait tant, cette connaissance, on baignait dedans, on y flottait, immergés dans sa réalité aqueuse

La langue elle aussi a vacillé, elle est devenue poreuse, et sans que je comprenne pour l'instant très bien le lien, son vacillement fait écho à la sensation de déplacement que je ressens à l'intérieur même de mon histoire. Pour dire les choses autrement : l'*événement* a dézingué les lignes de mon histoire, il a aussi dézingué l'enveloppe jusque-là robuste de la langue. Tout s'est fissuré : le temps, et la langue

(écrivant ces lignes, et cherchant depuis des jours et des jours la façon la plus précise de restituer ce que je ressens, et ne cessant d'y revenir, de corriger, de changer un mot pour tenter d'être au plus près de ça que j'éprouve, ça qui m'échappe et que je ne parviens pas à nommer, comme une vérité qui se dérobe et qu'il *faut* pourtant nommer, une vérité capitale à saisir pour pouvoir poursuivre, poursuivre non seulement le livre mais aussi la vie, et chaque fois éprouvant une sensation d'épuisement, de déperdition d'énergie, comme si tenter de mettre au jour cette sensation requerrait une force terrible, animale, un dépassement de soi, et pourquoi, pourquoi ?)

Depuis que nous étions sortis de l'enfer, je savais que la mort était tout près, une réalité tout près

Et, tirant encore le fil, dans la petite pièce où je suis en train d'écrire, plus de quarante ans après avoir écrit pour la première fois dans une autre petite pièce aux murs recouverts d'un papier peint rose pâle des mots sur une feuille de papier et senti

la vie m'embraser, et prononçant à voix haute le mot *effacement*, et ressentant une fois encore le déchirement sous mes côtes, je comprends soudain que c'est à cet endroit précis, à l'endroit de la *trace*, et non de l'événement, que quelque chose s'est déplacé : ce n'est pas le souvenir de certains événements eux-mêmes (moi tenant serrée la main de ma mère et passant avec elle, dans une lumière aveuglante, à côté de grandes étendues vertes) qui a été anéanti par le combat (puisque je suis toujours capable de me les remémorer), mais c'est leur trace, leur empreinte entre là-bas et maintenant, entre là-bas et ici, qui a été modifiée, *comme si je ne pouvais plus la ressentir.*
Comme si elle avait été déviée de sa trajectoire.
Déportée de l'axe de mon histoire, laissée en rade quelque part. Tempête, fracas, lignes coupées.
C'est une sensation très étrange : j'ai sans doute, en pleine débâcle, perdu la malle, elle a été éventrée, son contenu répandu à ciel ouvert, et une part de mon passé n'est plus derrière moi. Une part de mon passé se tient écartée de l'axe du temps. Je l'ai, en quelque sorte, perdue une deuxième fois, même si je m'en souviens. J'en ai perdu l'empreinte. Elle est sortie de mon giron. Elle ne m'appartient plus.
un monde flottant dans un tissu de soie qu'en élevant le bras j'aurais pu toucher

Alors qu'à l'opposé d'autres événements, comme mon histoire d'amour avec T., qui a eu lieu il y a bientôt trente ans, viennent me frapper d'une lumière radieuse, parfaitement nouvelle pour moi. Comme si des traces neuves avaient été mises au jour, des empreintes vives qui, auparavant, n'existaient pas. Un chemin relie désormais les mois d'amour vécus avec T. et mon présent de 2023, un chemin plus ardent que celui du simple souvenir, un chemin luxuriant, solaire, jonché de fleurs et peuplé de nos voix à T. et à moi, et ce chemin nouveau, qui a d'abord fait irruption par le rêve, irrigue à présent rêveries, émotions, sensations, modifiant le grain de mon présent.

qu'en fait tout le monde pouvait toucher, mais personne ne le savait – sauf nous, les survivants

Alors me vient, se brisant sur ce fil que je tire mot après mot, l'écho sourd de phrases qui me sont régulièrement adressées depuis quelques mois : « Tout ça maintenant c'est derrière vous, Adam est quasiment sorti d'affaire, passe à autre chose ! » Avec, bien sûr, leur intention toujours bienveillante : on pense à moi. On se désole de ce que j'ai traversé. On ne me veut que du bien. On veut que j'aille « de l'avant ». J'ai eu mon lot de difficultés, il est temps de passer à un peu de légèreté. Il est temps de « rebondir ». On ne l'ajoute pas, mais je le capte derrière les mots, les expressions compassionnelles : on voudrait aussi que je ne fasse plus planer d'ombre au-dessus d'Adam, que je torde le cou une fois pour toutes à l'inquiétude. « Mets-toi dans la tête que la maladie, c'est fini ! Les contrôles ? Mais considère que c'est de la routine ! Cesse de t'inquiéter ! Il faut passer à autre chose maintenant ! »

Passer à autre chose…

Comme si le temps était resté linéaire, bien campé sur son axe passé-présent-futur,

et que les instants vécus dans la petite chambre au lino bleu appartenaient dorénavant au passé,

et que nous en avions fini, Adam et moi, d'avancer main dans la main dans le couloir du service hémato en direction des portes battantes d'un sas,

et que la femme que j'étais *avant* existait toujours, qu'il avait suffi de quelques mois de transition pour que je la reconnaisse et me glisse à nouveau dans sa peau, retrouve ce qui la mouvait vers l'avant, ce qui l'habitait, ainsi que le lien à une partie de son histoire.

Passer à autre chose, passer à autre chose… Mais qu'est-ce que cela voulait dire ? Comment leur dire, leur expliquer que moi je ne pouvais pas, ne *voulais* pas, passer à autre chose ? Car ce par quoi j'étais passée, précisément, n'était pas une parenthèse temporelle dont j'aurais fini par sortir, comme on sort d'un long tunnel et se retrouve enfin à la lumière, hagard mais heureux. Ce par quoi j'étais passée *m'avait faite*, nouvelle, et m'avait fait découvrir de nouveaux liens à mon passé, bouleversants, nouvelles ramifications excavées de ma mémoire.

 Au fond, c'était peut-être pour cette raison qu'il me fallait écrire ce livre : pour, cette fois, non pas sauver quelque chose du passé, mais rendre compte du fait que, de l'autre côté du champ de bataille, ce n'est pas la paix ni la vie retrouvée. C'est un monde nouveau, une langue nouvelle, un espace-temps nouveau. Dans ce monde, il y a tout à réapprendre – et personne ne vous fournit de mode d'emploi. Réapprendre la lumière, les odeurs, les sons ; réapprendre la manière de se mouvoir, de ressentir, de toucher ; de se souvenir, de rêver, de désirer... On y est seul, d'autant plus seul que, aux yeux de tous, la lutte est finie et le combat remporté : l'enfant menacé de mort a survécu, chaque jour il continue de remporter un peu plus son combat. Alors on se tient. On garde pour soi l'indicible. On sourit. On dit qu'on est heureux, tellement heureux. Et c'est vrai qu'on l'est – on l'est, bien sûr, et de manière déchirante. On l'est, en ayant perdu sa vie d'avant. On l'est, en ne sachant plus comment avancer dans ce monde nouveau. Mais, parfois, on en croise certains dont on sait, très vite, à un je-ne-sais-quoi, l'expression rentrée du regard, les mots qui viennent à tâtons, les silences, la brusque émotivité, la joie d'un coup brûlante, l'intensité de l'écoute, le détachement en toute chose, qu'eux aussi habitent cet autre endroit du monde. Eux aussi y sont seuls. Et aussitôt un lien se noue. Un lien qui pour exister n'a pas besoin de mots, ni de manifestation visible, ni de cadre social. Une étreinte silencieuse.

Au fond, c'était peut-être ça que l'événement m'avait appris.

Parfois, le soir, alors que la maison est silencieuse et que je travaille, la chatte bondit sur la table, campe son corps sur les pages imprimées et me fixe impérieusement. Elle exige un moment d'attention. Je pose mon crayon et la prends contre moi. Je sens son corps chaud. Elle m'enserre de ses pattes, l'une sur ma gauche, l'autre sur ma droite – elle m'étreint. Elle ronronne. J'enfouis mon visage, ma main dans son pelage blanc. Je la caresse. Elle frotte son museau à la commissure de ma bouche, me lèche, ronronne de plus belle, me lèche encore, parcourt mon front, mes joues, mon menton, y appuyant délicatement sa truffe. Je prends sa tête entre mes mains. Nous plongeons l'une dans l'autre, très profondément. Juste après son arrivée ici, je passais mon temps à l'observer et à m'interroger : à quoi pense-t-elle, quelles sont ses émotions ? Je la considérais comme autre, d'une nature radicalement différente de la mienne, appartenant à un monde dont j'ignorais tout, à commencer par le langage. À présent, je ne me pose plus cette question : la frontière est tombée. Elle est elle et je suis moi, mais, ensemble, nous avons érigé un monde aux délimitations secrètes auquel nous appartenons toutes deux, et à l'intérieur de ce monde nous communiquons en silence, ça circule, ça passe d'elle à moi, de moi à elle, dans une communion fervente. Dans son regard, je lis et reconnais une gamme infinie d'émotions. Je lis un amour inconditionnel. Elle me le dit. Elle me l'affirme sans réserve : elle m'aime. Parfois, ces échanges de regards entre nous sont si intenses, touchant si immédiatement à l'essentiel, que les larmes finissent par me monter aux yeux. La chatte ne détourne pas la tête et il me semble alors voir son regard se recouvrir aussi d'un très léger voile humide. Puis, lentement, elle pose une de ses pattes sur mon visage.

Aurais-je eu accès à ce bonheur *avant* ? Jusqu'à ce que ma vie implose, puis commence à se recomposer, je ne savais établir de lien qu'avec ceux qui usaient du même langage que moi – ceux qui appartenaient, pensais-je alors, au même monde que le mien. De l'autre côté du langage – plus précisément : de *mon* langage – je ne savais pas faire. Je ne m'aventurais pas. Je n'en éprouvais pas le moindre désir. C'était, pour moi, un hors-champ de ma vie. J'ignorais que la joie, le sentiment de présence à l'autre, à soi, au monde, pouvaient s'y loger, puissants, bouleversants.

La phrase saisissante que prononce Simone Veil au cours de ses cinq heures d'entretien sur l'INA, phrase que je réécoute quatre fois pour être certaine de ne pas me tromper : « Je crois que, pour les enfants qui ont été cachés pendant la guerre et dont les parents ne sont pas revenus, cela a été absolument terrible, contrairement à ceux qui ont été déportés ensemble. Quand maman est morte dans les camps, elle était dans un tel état que, d'une certaine manière, je me suis dit que c'était une délivrance. » Ce qui devait impérativement être sauvé, pour Simone Veil, n'était pas ce qu'on aurait pu croire, à savoir la vie. Mieux valait que les enfants soient déportés avec les parents plutôt qu'ils restent à l'abri séparés d'eux. Sans doute parce qu'alors quelque chose de l'amour était sauvé. Quelque chose demeurait intact, même dans l'innommable. Quelque chose tenait ensemble dans un temps désormais détruit.

L'innommable avait bouleversé l'ordre des choses (mieux valait que les enfants soient déportés avec leurs parents), pulvérisant dans son sillage le temps linéaire. L'avenir n'était plus ce qui viendrait après, puisque plus rien ne pourrait venir après. L'avenir s'était mué en un présent éternel, lequel était ce qui avait eu lieu dans le passé : des enfants et des parents ensemble.

J'écris parce que nous avons vécu ensemble, parce que j'ai été un parmi eux, ombre au milieu de leurs ombres, corps près de leurs corps ; j'écris parce qu'ils ont laissé en moi leur marque indélébile et que la trace en est l'écriture. Perec, lui, a été caché tandis que sa mère mourait en déportation. Au cœur de la barbarie, ce qui avait eu lieu dans le passé, l'amour, avait été fendu sur toute sa longueur. L'amour n'avait pas été préservé. L'avenir serait désormais sans issue. Et à cela toutes les tentatives d'écriture, sa poignante déclinaison en une multiplicité de formes, n'y pourraient rien.

Un matin, je reçois un message de T. sur mon téléphone portable : « Chère Laurence, je suis peiné d'apprendre que tu as traversé cette terrible épreuve et j'espère de tout cœur que ton fils va mieux. Je t'envoie à mon tour énormément de gentillesse, de sérénité et de soleil. T. »

Je le relis une quinzaine de fois, frappée d'une sensation d'irréalité : il me semble que les mots de T. proviennent d'un autre monde, d'un lieu très doux et très heureux, depuis longtemps refermé comme une coquille dans mon histoire, et qu'ils ont, telles des sagaies, d'un coup traversé le temps, atterrissant moelleusement dans mon présent, l'éclairant de leur lumière retrouvée.

La nuit qui suit, je fais un rêve. T. est agenouillé derrière moi, m'enveloppant de ses bras, me tenant calée, bien fermement calée, comme pour m'empêcher de tomber et me maintenir droite, sur un axe.

Je sens les os saillants de ses genoux dans le bas de mon dos, sa chaleur dans tout l'arrière de mon corps, la certitude tranquille et rayonnante de sa force. Je sens cette chaleur mais je suis coupée en deux, ce que je vis à l'arrière n'est pas ce que je vis à l'avant, à l'arrière il y a la chaleur sécurisante de T., à l'avant je suis assise dans un train, je conduis le train ou plutôt subis sa course folle, avec dans mes mains le volant détaché du tableau de bord que je serre de toutes mes forces, auquel je me cramponne, le train fonce à toute vitesse, montant puis dévalant des collines, j'ai à peine le temps d'apercevoir un paysage blême balayé par le vent et des nuages de poussière, je pense à tous les passagers assis dans le train et dont j'ai la responsabilité, je suis terrifiée à l'idée de les envoyer dans le décor et moi avec, je m'arc-boute à mon volant détaché, le train fonce dans le jour blafard.

Je me réveille brutalement, le souffle coupé, la chaleur de T. dans le bas de mon dos, la chaleur de T. disparue de la surface de mon monde pendant vingt-cinq ans et soudainement réapparue, là, sur plusieurs centimètres carrés de ma peau. Je peux percevoir l'étendue précise de son rayonnement, en identifier les contours, la sentir irradier. Pendant plus de cinq jours et cinq nuits, je sens la chaleur de T. dans le bas de mon dos. Je me lève le matin, la chaleur est là. Je bois mon café, la chaleur est là. J'écris, la chaleur est là. Je marche sur les trottoirs de

Paris, la chaleur est là. Je ris avec mon fils, la chaleur est là. T. est là, sa présence solaire d'il y a vingt-cinq ans recouvrant ma vie d'aujourd'hui d'une fine pellicule poudrée. Depuis quelques mois, je ne sais plus très bien comment appréhender le réel, comment m'y mouvoir, m'y ancrer, je ne sais plus me situer sur l'échiquier du temps, avant-maintenant-après, mais de toute part le souffle d'un monde invisible s'engouffre dans ma vie, distendant son territoire, y creusant des cavités secrètes – l'élargissant. À ce monde-là je peux, je veux m'arrimer.

On aurait aussi pu formuler les choses de cette manière : est-ce que, le 17 mars 2020, quelque chose avait commencé et s'était, quelques mois plus tard, fini ? N'est-ce pas en ces termes que j'avais jusqu'alors vécu tous les événements de ma vie, des plus banals (grippe, vacances, études…) aux plus déterminants (mort de ma mère, mariage, histoires d'amour, accouchements…) ? Un jour, à tel instant, quelque chose avait eu lieu, inscrivant une encoche précise sur l'échelle du temps, ce quelque chose avait eu une durée – quelques secondes, quelques jours, des années – puis, un beau jour, avait pris fin. Ma vie depuis ma venue au monde pouvait s'illustrer sur une frise du temps en une série de périodes chacune parfaitement définie, tiret à gauche (commencement), tiret à droite (fin), périodes qui, bien entendu, se chevauchaient – tout commençait, tout prenait fin. Elle avait commencé le 14 décembre

1972 et prendrait fin un jour. Quelqu'un d'autre que moi (un de mes enfants ? mon dernier amour ?), en me fermant les yeux, tracerait l'ultime tiret de droite.

À partir de l'instant où l'événement de la maladie de mon fils est entré dans ma vie, le 17 mars 2020, par une phrase prononcée aux alentours de midi par la pédiatre hématologue dépêchée par le service des urgences de l'hôpital Robert-Debré – « on va faire un myélogramme pour confirmer le diagnostic, mais l'usine de production des globules de votre fils dysfonctionne, et l'usine de production, c'est la moelle osseuse » –, il m'a semblé que plus rien ne prenait fin. L'événement a bien eu un début, précis et foudroyant comme une rafale de mitraillette, mais ensuite chacun des épisodes ou des micro-événements s'y rapportant et le constituant (que je pourrais peut-être lister si j'en avais le courage, ce qui formerait un drôle de livre – et sans doute pas : un livre drôle –, bien que je sache par avance que cette liste, si exhaustive soit-elle, ne parviendrait pas à épuiser la réalité de ce que nous avons vécu, car il me semble que, dès que cette phrase a été prononcée, TOUT, c'est-à-dire CHAQUE INSTANT, c'est-à-dire CHAQUE MICRO-INSTANT, et même chaque souffle ENTRE les micro-instants, ceux que l'on ne songerait pas à nommer parce qu'en apparence ils n'en sont pas, parce qu'en apparence rien ne semble se passer, parce qu'en apparence ils semblent simplement faire office de trait d'union – ceux que, dans l'ordinaire d'une vie, on nomme vides ou, en musique, soupirs –, avait une importance capitale, puisque chacun participait au combat entre la vie et la mort et que donc, même lorsque mon fils était allongé dans son lit, immobile, silencieux, et qu'*a priori* RIEN n'était en train de se passer, TOUT pouvait se produire, à savoir l'impensable, à savoir l'arrêt des fonctions vitales), chaque épisode ou micro-événement, donc, s'est comme dilaté à l'intérieur de l'événement lui-même pour former une masse enflant à l'intérieur de lui, pressant et déformant ses contours, le débordant parfois et alors le pulvérisant – ainsi, les minutes de joie féroce ce matin de mai 2020 alors qu'Adam, depuis quelques jours aux confins de la mort, me demande en chuchotant de danser, ses jambes si maigres esquissant sous le drap jaune de l'APHP un battement à peine perceptible, et moi me mettant alors à tournoyer dans la pièce, à danser comme jamais je n'ai dansé, portée par une ardeur sauvage, connectée à son souffle de vie –,

chacun de ces mouvements formant à l'intérieur du temps un flux et reflux et les flux jour après jour s'additionnant, se superposant, de sorte que l'événement lui-même, la maladie de mon fils, n'a cessé de voir les contours de sa délimitation temporelle se distordre, jusqu'à finir, un beau jour, désagrégés.

Il y avait eu un commencement, il n'y avait pas de fin. Toujours on était dedans, dans l'événement n'en finissant pas de se dérouler sur lui-même, de me prendre dans les filets de son enroulement hypnotique, toujours j'entendais *on va faire un myélogramme pour confirmer le diagnostic, mais l'usine de production des globules de votre fils dysfonctionne, et l'usine de production, c'est la moelle osseuse* et au-dedans de moi la vie d'un coup s'effondre, toujours je dansais dans la chambre au lino bleu à quelques centimètres du drap jaune de l'APHP qui imperceptiblement se soulève, toujours je me couchais sur Adam brûlant de fièvre et qui me chuchote *caresse-moi maman*, toujours j'apercevais l'aide-soignant portant tel un paquet sur son épaule Adam nu comme un ver pour le faire entrer dans la bulle stérile dont je comprends d'un coup qu'il ne sortira que mort ou guéri, toujours j'avais le souffle coupé à l'instant où l'interne de service m'annonce que cent dix globules sont apparus au bilan sanguin d'Adam et mon cœur s'affaisse en moi et je prononce *Mais c'est une nouvelle extraordinaire !* puis *Oh mon Dieu !*, toujours je marchais pour la dernière fois, la petite main d'Adam serrée dans la mienne, en direction des portes battantes du sas et je sens en moi une joie effrayante, toujours imparfait et présent se confondent, et se chevauchent, et m'enserrent, incapables de consentir à enfin se disjoindre, à enfin se détacher l'un de l'autre, creusant une cavité secrète dans mon cœur et dans ma tête, une chambre d'écho dont moi seule connais l'accès et qui m'attire comme un aimant, et à l'intérieur de laquelle je ne cesse de me glisser, fascinée, terrifiée, éblouie, ne sachant plus si je suis à l'abri ou en plein combat, ne sachant plus si je suis avant ou pendant, ou pendant ou après, et quel que soit le chemin que j'emprunte pour en ressortir je ne trouve pas la route de l'avenir, l'avenir ne cesse de repasser par la guerre, l'avenir ne cesse d'exploser sous les bombes, l'avenir ne cesse d'irradier de joie brûlante, j'ai perdu le chemin du temps, j'erre à présent dans des souterrains qui appartiennent à mon histoire et dans lesquels, même si je le voulais, je ne pourrais convier personne, car comment expliquer à un autre quel chemin emprunter pour venir là où je suis ? les tunnels qui mènent à ma chambre d'écho n'en finissent pas de se faire et se défaire, de se redessiner au gré du présent, chaque jour j'emprunte une galerie souterraine qui n'est pas celle d'hier ni celle de demain et que je reconnais pourtant, comme un animal, à l'odeur, aux sons, au poudroiement des particules, depuis le 24 août 2020 j'aimerais tel un géomètre pouvoir dessiner le plan de l'enchevêtrement labyrinthique du temps de l'événement, le fixer une fois pour toutes, pendant des mois j'ai cherché, affamée de clarté, j'ai cherché avec mes amis, j'ai cherché à travers la psychanalyse, j'ai cherché à travers la méditation, j'ai cherché dans le silence, j'ai cherché en arpentant des forêts, j'ai cherché en nageant dans la mer, partout j'ai cherché et n'ai rien trouvé d'autre qu'un amas mouvant et innommable, et au fond elle est sans doute là la véritable raison pour laquelle j'écris ce livre : j'écris parce qu'il n'y a pas de plan possible, j'écris parce que je n'ai pas trouvé comment expliquer à un autre comment venir me rejoindre dans ma chambre d'écho, j'écris parce que je ne pourrai jamais raconter ce que l'événement a déformé du temps de mon histoire, j'écris là où la parole, la psychanalyse, la méditation, le silence, les forêts et la mer ont échoué, j'écris à l'envers de la parole, dans les espaces minuscules et infinis que permet l'écriture, là où ça ne peut pas se dire et pourtant ça se dit, là où ça ne peut pas se penser et pourtant ça se pense, là où on ne peut pas retrouver le chemin et pourtant un chemin se fait. Chaque jour je suis dans la chambre d'écho mais, écrivant ce livre, je nomme le fait que chaque jour je suis dans la chambre d'écho et, nommant ainsi les choses, même enfermée, je suis libre.

Mon ami Manuel, chercheur en neurosciences, me parle des neurones miroirs et je l'écoute, fascinée : les neurones miroirs sont des neurones qui s'activent lorsque nous menons une action orientée vers un but, mais aussi lorsque nous regardons quelqu'un d'autre faire la même action. Ces neurones, impliqués dans l'exécution d'une action, le sont également dans la perception de cette action, et permettent la compréhension de l'intention de l'autre. Ce processus se produit en deçà du raisonnement et est purement intuitif. Je bombarde Manuel de questions sur ces neurones miroirs dont je découvre l'existence et qui m'apparaissent éminemment poétiques – jusqu'à leur appellation. Manuel répond à chacune et précise : « Si tu es en empathie avec un autre, tu ressens par le biais de ton corps l'émotion de l'autre grâce au système des neurones miroirs. Ça a été démontré pour les sensations de dégoût et de tristesse, mais également pour la douleur. Pour dire les choses autrement, les neurones miroirs relient les cerveaux entre eux. » Je traduis grossièrement dans ma tête, sans oser le dire à Manuel : une sorte de système Bluetooth pour cerveaux, donc. J'imagine mes propres neurones miroirs, brillants, soyeux, semblables à des cils de lumière ondoyant dans les cavités de mon cerveau. Je repense aux innombrables fois où il m'a semblé qu'Adam avait deviné une intention pourtant tenue secrète, ou perçu une émotion dont je m'étais parfaitement appliquée à ce que mon corps ne la trahisse pas, suite à quoi j'avais fini par conclure, interloquée : cet enfant sent tout ! J'en fais part à Manuel. « Voilà, c'est ça, les neurones miroirs », il me répond avec son sourire très doux. « Ça s'active quand tu te sens très proche de quelqu'un. Une mère et son enfant, c'est un classique. » « Quand tu es très amoureux aussi ? » « Quand tu es très amoureux, bien sûr. » Cette découverte m'éblouit. Il me semble qu'elle réagence entièrement mon paysage mental, que je peux revoir d'innombrables situations de ma vie à la lumière de cette nouvelle connaissance. Me reviennent les nuits de l'automne 2001, alors que Gaïa venait de naître et que je me réveillais presque systématiquement quelques secondes avant de l'entendre pleurer, et que chaque fois j'en restais stupéfaite, m'interrogeant sur cette mystérieuse connexion entre nous. Je songe à la joie qui circulait par moments entre Adam et moi dans la petite chambre au lino bleu, nous rendant au même instant euphoriques, emplis d'une force terrible. Je pense à ma mère, je la revois, quelques semaines avant sa mort, dans le salon aux rideaux jaunes en soie de l'appartement familial, assise, le corps en lambeaux. Je revois son visage, je revois son regard sur moi, son désespoir et son épouvante. Je réentends le son précis et mat du naufrage de mon cœur à cet instant. Je n'avais jamais réussi à mettre de mots sur ce que j'avais ressenti ce matin-là dans le salon jaune baigné de soleil. J'imagine à présent mes neurones miroirs battant à l'unisson des siens, et il me semble que tout se recompose sans mots, comme la dernière pièce d'un puzzle que j'aurais enfin trouvée après l'avoir si longtemps cherchée. Je lève la tête vers Manuel qui m'observe en silence et pose une main sur son poignet. « Merci de me faire découvrir tout ça. »

Une après-midi, alors que je suis invitée pour le week-end chez des amis, je rencontre V. La première image que j'ai de lui, c'est de dos. Il traverse la pièce qui jouxte celle dans laquelle je me trouve. Sensation d'un souffle d'air, d'une masse qui aurait été déplacée, pas seulement dans la pièce mais aussi en moi. Les paroles de Christine me parviennent soudain assourdies. À mesure qu'il avance dans la pièce, les contours de cette dernière semblent se préciser, comme si V., en la traversant, par le simple mouvement lent et ondoyant de son corps, la délimitait. Je suis aimantée par la souplesse de sa démarche, son apparente nonchalance, sa façon d'avancer comme si son corps avalait l'air autour de lui. « Tiens, voilà V. », prononce Christine, se levant pour aller à sa rencontre. Parvenu au bout de la pièce, il laisse tomber sa veste sur une chaise et se retourne. J'aperçois son visage, la prunelle sombre de ses yeux, son sourire, sa bouche.

Une heure plus tard, à table. Je suis assise en face de lui. La conversation est joyeuse, les rires fusent, les verres se vident et se remplissent. Le brouhaha enfle et glisse sur nous comme une nappe de brume. Je lève les yeux vers lui. Il me fixe sans sourire. Nous nous regardons. À l'instant même où elle existe, cette image se détache des autres, comme si elle avait été découpée aux ciseaux dans le flot du temps.

Tout aurait pu, la vie entière aurait pu être – anéantie. Elle nous imprégnait tant, cette connaissance, on baignait dedans, on y flottait, immergés dans sa réalité aqueuse. Depuis que nous étions sortis de l'enfer, je savais que la mort était tout près, une réalité tout près, un monde flottant dans un tissu de soie qu'en élevant le bras j'aurais pu toucher, *qu'en fait tout le monde pouvait toucher*, mais personne ne le savait – sauf nous, les survivants.

Au fond, c'était peut-être ça que l'*événement* m'avait appris.

Au fil des jours, qui s'égrenaient dans une même fixité, comme si chacun d'eux devait être un éternel recommencement – mais un éternel recommencement de quoi ? qu'est-ce qui aurait pu recommencer ? qu'est-ce qui, chaque jour, aurait pu recommencer et ne recommençait pas ? – creusant inlassablement le même sillon, celui d'une joie effrayante répandant autour d'elle une lumière si vive que j'en restais éblouie, prise à son piège comme un lapin dans son halo, peu à peu se dessinait comme une réponse possible, apparaissant par bribes, par fragments, décousue, nue et violente : aimer.

3.

Un samedi d'octobre 2023, alors que je me trouve depuis la veille à Montpellier pour y animer un atelier d'écriture, et que je marche, tôt le matin, dans les rues désertes déjà saturées de lumière, remontant à travers le vieux Montpellier du Corum jusqu'à la place de la Canourgue pour rejoindre mon ami Pascal et prendre un café avec lui, mon ami Pascal qui n'ose plus me demander si je suis heureuse, et que je me répète en boucle, émerveillée, le message d'E. reçu la veille m'informant que sa fille va bien, qu'au vu des derniers résultats le cancer a été pulvérisé, et que l'air vif du matin réveille ma peau, mon corps, me donnant le sentiment euphorisant d'une lucidité accrue, et que j'écoute, casque sur les oreilles, volume à fond, *All I Can't Say* d'Ibrahim Maalouf, et que la musique me galvanise, et que, sans doute pour toutes ces raisons et d'autres encore, insaisissables, être en train de gravir ces ruelles me procure un bonheur violent, j'ai tout à coup la sensation d'une déchirure dans le réel, comme si tout ce qui le constituait autour de moi, ruelles pavées en pente, façades des maisons, soleil, placettes, arbres, lumière, se révélait soudain n'être qu'un décor qui venait de s'ouvrir, m'aspirant brutalement dans sa béance, me faisant basculer dans un autre temps – et soudainement celle qui marche dans ces ruelles désertes n'est plus seulement moi, celle qui marche en cet instant, se hâtant en direction de la faculté de pharmacie dans l'air vivifiant de ce matin d'automne, est aussi ma mère, qui gravit la rue du Pila-Saint-Gély, emprunte la rue de l'Aiguillerie, marche résolument, à grandes enjambées, et ressentir sa présence partout autour de moi, partout dans ces rues, fondue dans chacune des particules d'air comme un maillage invisible dans lequel à présent je désire éperdument m'emmailloter, me bouleverse, et je sens le souffle me manquer, s'exhaler de ma gorge, mais je continue d'avancer, surtout ne pas s'arrêter de peur que la féerie ne se rompe, continuer un pas après l'autre, gravir moi aussi la rue de l'Aiguillerie, céder à ce qui m'arrive et ne m'est jamais arrivé, céder à l'impensable, je suis elle et je suis moi, je suis nous deux ensemble, je suis elle, étudiante en pharmacie, 21 ans, fille d'immigrés italiens, une énergie féroce et un mental d'acier, et je suis Laurence, 50 ans, mère de trois enfants, m'apprêtant à diriger un atelier d'écriture, je suis celle qui depuis quelques mois se bat de toutes ses forces pour sauver son jeune frère atteint d'un cancer de la lymphe et que les médecins ont déclaré condamné, et je suis moi, mère d'un enfant de 8 ans en rémission d'un cancer du sang, je ressens une émotion terrible, un tourbillonnement intérieur affolant, les rues sont claires et c'est comme si elles étaient pleines de brouillard, le ciel est vertical et à deux doigts de me renverser, je scrute autour de moi, j'aimerais croiser un passant, un visage, j'aimerais croiser un corps pour savoir où je suis, qui je suis, à quel temps j'appartiens, si nous sommes en 2023 ou en 1961, mais nulle part il n'y a la moindre âme, les rues sont désertes et je suis à l'horizontale couchée sur le temps, je suis à l'intérieur de ma mère et à l'intérieur de moi, dedans et dehors, ouverte et emplie de gratitude, je suis celle que j'ai perdue il y a près de vingt-cinq ans et qui s'est tenue pendant tout le printemps 2020 des jours et des jours assise sur l'unique chaise en plastique de la petite chambre au lino bleu, silencieuse et fervente, je voudrais que cela ne s'arrête pas, continuer de gravir indéfiniment ces ruelles baignées de soleil en étant l'une et l'autre, continuer de me mouvoir à l'intérieur de deux temps disjoints qui par un phénomène que je ne m'explique pas sont entrés en fusion, que le grand corps jeune et vigoureux de ma mère, assailli par l'angoisse, continue d'emplir de sa présence vibrante l'espace montpelliérain tout autour de moi pour que la femme que je suis puisse se tenir à un souffle d'elle, dans un temps renversé où les lois de la vie ont été abolies, un temps remmaillé où la fille a trente ans de plus que la mère et vécu avant elle l'impensable combat et qu'ainsi, dans cette inversion même du temps, cette pulvérisation de la chaîne du réel, quelque chose de l'ordre du monde puisse se restaurer : qu'une jeune femme de 21 ans à qui, du fait de son histoire familiale, la responsabilité du combat contre la mort annoncée de son jeune frère incombe ne soit plus seule – que sa fille se tienne à son tour, silencieuse et fervente, sur la même terre d'exil

maman je suis là

tu prends la rue Germain, tu es très concentrée, tu marches vite. Tu es très jeune et depuis quelques mois tu es très vieille, ou plutôt tu n'as plus d'âge, le médecin a annoncé à ta mère que ton frère ne s'en sortirait pas, qu'on ne savait pas guérir un lymphome de Hodgkin. Tes parents, ton frère malade et ton autre frère vivent à Nice, toi depuis quelques mois tu habites Montpellier, tu es venue y faire tes études de pharmacie (tu rêvais d'être médecin mais ton père te l'a interdit : ce n'est pas un métier pour une femme, a-t-il asséné un jour, inflexible. Tu ne lui as pas tenu tête. Personne ne tient tête à ton père italien. Ses colères sont terribles). En un instant l'épouvante a fondu sur vous, en un instant tes parents si courageux ont été mis à terre, propulsés ailleurs, dans un pays dont on ne peut, cette fois, même en travaillant comme une brute, apprendre la langue, ni la loi, ni les règles, un pays coupé, un pays innommable

>regarde-moi : je suis là

ton frère a 19 ans, il s'appelle Jean, vous vous adorez, ta jeunesse est inséparable de la sienne, ensemble vous avez mordu à la vie. La rue Germain tourne légèrement à droite et devient la rue Fournarie. Tu refuses de toute ton âme que ton frère meure, tu as décidé que cela n'arriverait pas, que tu remuerais ciel et terre pour qu'il s'en sorte. Passé le moment de sidération tu as senti monter en toi une énergie terrible, une énergie que tu ne te connaissais pas, une force animale – tu es entrée en guerre, ton frère ne mourra pas. Tout en toi, chaque cellule de ton corps, s'en est fait la promesse. Tu es allée frapper à toutes les portes de Montpellier, ça tombe bien Montpellier est la ville phare de la médecine, tu as réussi à obtenir un rendez-vous avec le doyen de la faculté de médecine, tu es entrée dans son bureau, tu t'es tenue droite, tu as parlé distinctement, en détachant chaque mot. Il t'a écoutée, il t'a dirigée vers un de ses confrères

>tu ne le sais pas mais je me tiens tout près de toi

le confrère a confirmé le diagnostic : on ne sait pas soigner un lymphome de Hodgkin. Mais ta détermination le touche, la pleine jeunesse de ton frère aussi sans doute, alors il décide quelque chose : il va tenter des rayons. Jusque-là ça n'a jamais marché, te prévient-il. Tu sors du bureau du confrère avec une énergie décuplée, tu découvres à cet instant que dans un combat annoncé presque certainement perdu d'avance on peut choisir de croire, on peut s'engouffrer ardemment dans le très faible interstice que la vie vous a octroyé et décider de s'y tenir, tu appelles ta mère, en quelques minutes tu organises tout, ton frère viendra faire ses rayons à Montpellier et ta mère l'accompagnera en voiture, les allers et retours ne lui font pas peur, elle aime conduire, elle conduit d'ailleurs comme une cinglée, ta voix ferme lui a redonné espoir, elle s'y accroche, de toutes ses forces.

Tu prends à gauche la rue de l'Université, à droite la rue de la Vieille-Intendance, rien en toi n'est faible, tu ne ressens plus la peur, tu es au-delà : là où tu es c'est zone de combat, là où tu es on avance sans flancher, d'un pas sûr, qui ne tremble pas, on envoie bouler la peur, on envoie bouler le désespoir, on se concentre sur chaque pas, surtout ne pas lever la tête, surtout ne pas fixer l'horizon, le réel est ce qui existe au présent – et n'est que cela. Chaque instant est devenu immense, dilaté : douloureux et étincelant. Tu sais désormais que, contrairement à ce que tu as toujours cru, vivre ne va pas de soi – c'est même l'exact contraire : la vie ne tient à rien. Le soleil frappe à présent les façades de sa lumière crue. *Tout pourrait, la vie entière pourrait être – anéantie. Elle t'imprégnait tant, cette connaissance, tu baignais dedans, tu y flottais, immergée dans sa réalité aqueuse. Depuis que tu avais été plongée en enfer, tu savais que la mort était tout près, une réalité tout près, un monde flottant dans un tissu de soie qu'en élevant le bras tu aurais pu toucher*

                je sais, oh je sais ce que tu vis, et j'aimerais, le temps d'un souffle, te porter

et puis, d'un coup cela cesse, rue du Puits-des-Esquilles j'avise un homme adossé au mur, il me regarde avancer, c'est le premier passant que je rencontre et à l'instant même où nos regards se croisent le réel se replie sur lui-même, refermant sa béance temporelle et d'un coup je perds ma mère, je perds sa trace, l'empreinte vibrante de son corps, je perds la sensation bouleversante de sa présence dans chaque particule d'air autour de moi, et c'est comme si soudain je me vidais, je perdais une part de moi, l'homme continue de m'observer, une lueur insistante dans le regard, et je lui en veux maintenant, par sa seule présence, de rompre l'enchantement, de mettre fin au carambolage accidentel de deux temps que plus de soixante ans séparent – plus de soixante ans et une vie entière, si brève, celle de ma mère, 21 ans en 1961, 59 ans à sa mort en 2000, et une autre, la mienne, commencée onze ans plus tard, en 1972, et aujourd'hui se rapprochant dangereusement de l'âge auquel elle a disparu. La simple présence de cet homme nonchalamment appuyé contre le mur, un genou replié sous lui, recompacte brutalement le réel, et le passé est renvoyé dans un hors-champ à nouveau inatteignable, à nouveau irréversible – en croisant le regard de cet homme une nouvelle fois j'ai perdu ma mère.

Je prends la rue du Vestiaire, à quelques pas de là sur la place de la Canourgue Pascal m'attend, j'aperçois au loin sa silhouette solitaire et un peu fragile, je devine son sourire tendre, vaguement inquiet, je coupe Ibrahim Maalouf et fais glisser mon casque de mes oreilles, je retrouve le réel autour de moi, sa texture mate, tout est soudain comme rétréci, je me sens étourdie, j'ai le sentiment d'avoir fait un très long voyage, de revenir d'un pays dont je ne pourrai rien raconter, ni à Pascal ni à personne, un pays dur et solaire à la fois, un pays qui s'étend non pas à l'horizontale mais à la verticale, qui ne se définit pas par l'espace mais par le temps, un pays qui vous broie le cœur tout en vous inondant de lumière. Alors que Pascal m'adresse un signe de la main et que je lui réponds par un sourire, je songe que j'en suis revenue trop vite, que j'aurais aimé y rester plus longtemps, dans ce pays qui ressemble tant à celui-ci mais en est irrévocablement coupé, j'aurais aimé rester un peu plus auprès de ma mère, la calmer, lui dire tout bas qu'on en revient parfois, des enfers, qu'on peut triompher de l'impossible, qu'elle aussi finira par remporter le combat, son petit frère adoré sera sauvé, je le sais, moi sa fille qui encore aujourd'hui, alors que plus de soixante ans ont passé, parle parfois à ce frère très doux que j'aime tant. J'aurais peut-être ajouté, posant ma main sur la sienne, qu'après la bataille commencerait une vie nouvelle et qu'elle ne devrait pas s'effrayer de n'être plus la même femme, d'éprouver le sentiment d'avoir été déplacée, et disant cela j'aurais pensé à la mère dont je me souviens, cette femme splendide mais au regard inquiet, aux sourcils froncés, aux gestes parfois brusques, toujours un peu tendue, le front barré d'une ride qui lui donnait un air soucieux, exactement la même, profonde et verticale, que je me suis découverte un matin sur le visage quelques mois après qu'Adam fut sorti de l'hôpital, une mère que j'avais si souvent souhaitée plus légère, plus insouciante, lui en voulant parfois, sans comprendre alors pourquoi, légère et insouciante, elle ne pouvait plus l'être.

Ou peut-être que je ne lui aurais rien dit de plus, peut-être que j'aurais simplement profité des derniers instants où ce pays existait encore pour étreindre ma mère une dernière fois. Pascal m'embrasse, il me dévisage, « Que t'arrive-t-il ? » me demande-t-il de sa voix douce, « Il t'est arrivé quelque chose, je le sens, ça se voit à la lumière de ton visage. » Ça se voit sur mon visage, oui, il m'est arrivé ce qui ne peut pas arriver, il m'est arrivé ce qui *avant* ne me serait sans doute jamais arrivé, il m'est arrivé une chose extraordinaire, je viens de marcher avec ma mère dans les rues de Montpellier. Je serre Pascal dans mes bras.

V. et moi nous écrivons. D'abord de temps en temps puis, très vite, tous les jours.
Très vite, plusieurs fois par jour.
Moi qui n'ai aucun temps, je trouve ce temps-là. Ce temps d'écriture et de lecture des messages de V. ne se soustrait pas au temps dont je dispose, mais s'y ajoute, le démultipliant.
Mes journées s'élargissent et s'illuminent.
Les mots de V. me touchent.
V. me touche.
Depuis que je l'ai rencontré, je peux penser à lui, ressentir sa présence, et je sais alors qu'il va ressentir la mienne, et l'inverse est vrai. Nous sommes reliés. J'imagine mes cils de lumière battant vers lui, et les siens vers moi, dans un va-et-vient semblable à un murmure ininterrompu.
　Je trouve cela inouï : que quelqu'un, quelque part, sur la terre, pense à moi, et que je le sente, et que

je pense à lui, et qu'il le sente. Le fil invisible qui nous relie, V. et moi, me donne une force terrible.

Un jour, je raconte à V. l'assaut de la maladie, le combat, puis tous ces mois d'après-combat. Avec lui, je trouve les mots pour raconter l'irracontable. V. m'écoute en silence. Il ne me pose aucune question. Il absorbe ce que je lui dis. Je sens les mots s'enfoncer en lui, dans sa chair. J'aime qu'il ne dise rien. Lorsque j'ai fini, il prononce simplement : « Moi je viens du bonheur, toi de la guerre. »

À mesure que je lis les messages de V., et que je l'écoute, et que je lui parle, je sens ce qui était gelé au-dedans de moi fondre par strates successives. Je redécouvre qu'un corps n'est pas nécessairement une armure. Il peut être une terre chaude et odorante. Le redécouvrir me bouleverse. Je comprends que je l'avais non seulement oublié, mais, aussi, que j'avais cru ne plus jamais l'éprouver.

Il y a donc le temps, et il y a la vie. Et, contrairement à ce que j'ai cru pendant les cinquante premières années de mon existence, ce n'est pas le temps qui passe, mais la vie. Ou, pour dire les choses autrement : ce n'est pas le temps qui enferme les vies dans son sillage, les inscrivant sur un axe et les fixant ainsi dans une forme, mais les vies qui donnent naissance au temps – et donnent naissance, même, à de multiples formes temporelles, lesquelles peuvent demeurer longtemps figées puis soudain s'animer et alors tour à tour devenir glissantes, cycliques, répétitives, ou encore à rebours. Il suffit d'un rien – il suffit d'un séisme.

Il y a eu, après le 17 mars 2020, les choses détruites, et ces choses n'étaient pas seulement celles de la vie que je menais alors, au moment de la découverte de la leucémie de mon fils, mais aussi ce qui dormait dans ma mémoire, les différents sédiments que la vie avait peu à peu accumulés et choisi jusque-là de conserver. Mais, depuis le 24 août 2020, depuis que, la main d'Adam serrée dans la mienne, nous avons avancé lui et moi pas après pas dans ce long couloir du service hémato en direction des portes battantes du sas, une joie débordante au cœur, et qu'à chacun de nos pas il nous apparaissait qu'à partir de ce jour cette avancée dans ce couloir ne prendrait jamais fin, que notre vie se passerait désormais à nous mouvoir dans un couloir en direction de portes battantes d'un sas dont nous actionnerions pour la dernière fois l'ouverture, et que nous avancerions, toujours nous avancerions, encore nous avancerions, éternellement fous de joie, éternellement emplis de gratitude, depuis ce jour, donc, à mesure que les mois ont passé, j'en ai découvert d'autres, de choses, nouvelles et radieuses, appartenant à ce qu'autrefois j'aurais appelé « passé » et comprenant à présent que ce mot-là, *passé*, ne voulait rien dire : car rien ne passe jamais, ce qui a eu lieu peut à tout moment jaillir dans le présent et être là pour la première fois, neuf, vous re-mettre au monde – vous mettre au monde –, même ce que vous n'avez pas connu. Les mains enveloppantes et amoureuses de T., le pas ardent et vigoureux de ma mère dans les rues de Montpellier, la découverte, à quatre pattes dans une chambre aux murs recouverts de papier peint vieux rose, d'un autre monde possible, d'une autre forme de vie – une vie élargie par l'écriture.

À mesure que j'en ai pris conscience, la vie est devenue soyeuse, battant dans chacune de mes cellules, sous ma peau, dans ma tête. Je sens son flux pulser dans mon corps, une onde puissante et chaude qui me traverse. Moi qui pendant des mois me suis tenue sur le qui-vive, raide, prête à dégainer à la moindre secousse, au moindre grondement, mon armure aux pieds, me demandant le soir, une fois que la journée était finie, que j'avais passé du temps avec chacun de mes trois enfants, essentiellement avec Adam que j'avais accompagné à l'école, étais allée rechercher quelques heures plus tard pour le conduire à l'un de ses innombrables rendez-vous médicaux ou paramédicaux, avais ensuite aidé à faire ses devoirs, puis avec qui j'avais joué aux cartes ou au mini-basket ou au Qwirkle ou au Memory ou encore aux camions poubelles, vidant et remplissant inlassablement des petites poubelles de couleur et m'extasiant avec lui sur ce mouvement qui sans cesse se faisait et se refaisait, puis lu une histoire, m'employant à faire baisser son niveau d'agitation et d'anxiété avant le coucher, tout en assurant mes deux filles de ma présence aimante et réconfortante et tentant comme je le pouvais de les apaiser et d'éclairer leur avenir, et que j'avais, dans chaque interstice laissé vacant tout au long de la journée, essayé d'écrire, avant de préparer les repas tout en rangeant et nettoyant l'appartement, puis encore tâché de répondre à la montagne de paperasse administrative qui s'accumulait sur mon bureau depuis la maladie d'Adam, celle-ci étant souvent au plus haut point réjouissante comme lorsqu'il me fallait régulièrement reprouver à la MDPH que oui, mon fils avait bien eu une leucémie, oui, il était bien porteur d'un syndrome génétique, non, tout cela n'avait pas changé depuis trois ans, ou encore à la CAF que oui, j'étais bien une mère isolée, oui, ils pouvaient venir vérifier à l'improviste et surveiller ma boîte aux lettres, non, personne n'habitait en douce avec moi ni ne m'aidait, puis, une fois Adam endormi, que je m'étais plongée dans la lecture d'un des manuscrits dont j'accompagnais l'écriture ou avais encore préparé un atelier d'écriture, et que je m'apprêtais, légèrement titubante, à tomber dans mon lit, me demandant donc avant de sombrer comment on passait de la lutte à la détente, quel ressort interne il me fallait urgemment mettre au jour pour pouvoir l'actionner et être enfin en mesure de baisser la garde, voilà que, sans crier gare et sans que le moindre ressort interne me soit apparu, comme une eau claire qui aurait soudain surgi et coulé jusqu'à moi, m'irriguant à présent comme si rien n'avait été plus naturel, comme si depuis des mois et des mois elle m'attendait tranquillement dans son petit lit, je ne me tiens plus en bottes et armure sur un champ de bataille encore fumant, mais pieds nus et en robe légère dans une clairière surgie inopinément, rêvassant au soleil, sentant dans mon bas-ventre le désir des choses, le désir des hommes – le désir tout court, violent et impérieux, montant comme de la sève.

Était-ce donc aussi simple ? Ce que j'avais cherché pendant des mois ne se découvrait pas, ne se cherchait pas, mais advenait d'un coup – et alors c'était là, la vie nouvelle était là, on y était enfin ?

Un soir, je me retrouve dans le noir d'une salle, confortablement installée dans un fauteuil. J'ai pris une place pour aller voir danser le *Boléro* de Ravel. Dans ma vie d'avant, j'ai déjà vu le *Boléro* dansé, je l'ai vu au moins cinq fois, j'en connais l'obsédante chorégraphie.

Premières notes de musique, premiers mouvements du danseur. Au bout d'une à deux minutes, je comprends qu'il *se passe* quelque chose. Quelque chose que je ne connais pas, qui transcende la musique hypnotique de Ravel – quelque chose de neuf. Dans la salle, tout s'est compressé. La texture de l'air n'est plus la même, l'espace n'est plus le même, mon souffle n'est plus le même. J'ai été précipitée dans un couloir vibratoire à ultra haute intensité apparu entre le danseur et moi et j'ai des élancements dans les reins, le ventre et la poitrine, des ailes à la place des bras, et mille ramifications nerveuses sous la peau. Mon corps n'est plus tranquillement assis dans une rangée de fauteuils parmi d'autres spectateurs, il s'est dressé, aussi dense et léger que celui d'un oiseau, et palpite, et s'élance, laissant derrière lui ce qui l'attachait, ce qui l'oppressait, le chagrin et la peur, les innombrables visions de lutte et de mort, Adam dérivant là-bas, mes filles s'effondrant tour à tour, notre couple décimé, la terre s'ouvrant en deux. Quelque chose tout au-dedans de moi a tressailli, et ce qui n'était d'abord qu'un souffle m'inonde bientôt de chaleur, coulant et se déversant dans mon corps, une chaleur puissante qui me ranime et me donne le désir irrépressible de larguer ma terre désolée pour une autre, plus légère, plus riante, tandis que je suis aimantée par ce qu'est en train d'accomplir sur scène Audric Bezard, sa lente et inéluctable prise de possession de l'espace – jusqu'à ce que soudain je réalise que ce que je suis en train de regarder, ce qui est en train de me bouleverser, de me propulser vers le large, n'existe qu'en cet instant où je suis en train de le regarder, et meurt dans ce même instant, et qu'il n'en restera rien, aucune trace nulle part sinon dans ma mémoire, ce qui se danse là et fait vibrer l'espace et ma vie s'efface au même moment, et le savoir rend chaque mouvement d'Audric Bezard plus beau encore, poignant, et je comprends qu'il ne faut rien en perdre, qu'il faut tout absorber et me l'imprimer dans le corps, rendre l'éphémère éternel. Sur scène, Audric Bezard accomplit son inexorable conquête et moi j'ouvre grand mes ailes, je me risque à voler, je me risque à la joie, je prends possession du présent, je le traverse, je l'explore, je m'y déploie, à mesure qu'Audric Bezard ouvre un peu plus les bras et le bassin moi j'ouvre un peu plus mes ailes, je m'aventure, j'ondule et me renverse et me tourne et me retourne et décris des cercles concentriques, et le présent s'élargit, s'élongeant comme une mer et recouvrant bientôt la salle, la débordant, rejoignant le dehors, rejoignant les possibles, et j'y cède, à ce présent, j'y cède entièrement, entièrement je m'y abandonne, planant et ne quittant pas du regard Audric Bezard qui sur le plateau flamboie, atteignant une vitesse insensée, et qui pourtant, alors que je tournoie lentement, lentement me capture, et que je ploie lentement, lentement me fait ployer, et nous sommes à contre-courant lui et moi, la musique toujours plus intense s'enroulant sur elle-même et sur moi, pénétrant chaque interstice de ma peau, tournant et retournant quelque chose au-dedans de moi, atteignant un point qui était mort, faisant trembler mon noyau dur, le présent est devenu joie et vibre tout entier, et j'y suis, dans ce présent, dedans j'y suis, dedans j'y vole, dedans je m'y tourne et m'y retourne et m'y répands, oiseau de feu aux ailes devenues immenses tandis qu'Audric Bezard domine à présent de toute sa puissance la scène, souverain, embrassant l'espace et le monde dans le même fondu-enchaîné, et je finis par m'immobiliser, ailes frémissantes, regardant cet homme achever de dévorer l'espace, rompue de gratitude, songeant que ce soir, dans le noir de cette salle, quelque chose a commencé, quelque chose a commencé enfin, première note de cette vie nouvelle que je cherchais, non pas, comme toutes celles qui précédaient, détachée, séparée, coupée du reste, mais *dedans*, battement d'un flux nouveau, d'un flot, d'un continuum, *vita nova, vita nova, vita nova.*

Un matin d'hiver, je descends à pied vers la mer. La veille, j'ai serré Adam contre moi, j'ai senti son odeur si particulière, chaude et épicée. Il partait rejoindre son père pour une semaine de vacances. J'ai passé une main dans ses cheveux qu'il fait pousser depuis quelques mois. Je me suis rendu compte qu'à présent sa tête m'arrivait presque aux épaules. L'air est frais, la lumière étincelante, les odeurs sèches, écrasées, méditerranéennes, m'entrent à plein nez dans le corps. Comme chaque fois, avant même que je n'aperçoive la mer ou sois saisie par la lumière, ce sont elles qui me font savoir que je suis de retour chez moi.

J'ai des baskets aux pieds, un maillot de bain sous mon pull-over, une gourde d'eau dans la main. Il y a un peu plus de trois ans, un samedi matin, j'ai effectué exactement la même descente vers la mer. C'était le 18 juillet. La veille, Adam avait été greffé.

Les médecins m'avaient convaincue de m'accorder une pause de quarante-huit heures. À chaque pas, je ressentais un étourdissement et me demandais si c'était bien moi qui étais en train de descendre le sentier, dans les odeurs de pin, chaussée de tongs rose-doré. Lorsque j'étais arrivée sur les rochers, face à la mer, les larmes m'étaient montées aux yeux. J'avais nagé vers le large, longtemps. La mer m'avait accueillie, elle m'avait étreinte et donné de la force.

Plus de trois ans ont passé. Adam va avoir 9 ans. Il a les cheveux longs, joue au tennis et fait du cirque, il rit et chante à tue-tête, emplissant le monde de sa présence intense et singulière. Parfois, d'un coup, il devient grave. Il enjambe la baignoire pour prendre un bain et me demande, une jambe en l'air, pourquoi il a été malade. Ou bien, il joue avec moi au Memory et, au moment de retourner deux cartes semblables (il est très fort au Memory, contrairement à moi, qui suis nulle), m'interroge : « Maman, si la greffe avait pas marché, qu'est-ce qui se serait passé ? » Du sentier, j'aperçois et j'entends la mer en contrebas, ses vagues hautes qui se fracassent contre les rochers. D'ici, l'écume paraît poudreuse, et lente, presque féerique. Depuis quelques jours souffle un vent d'ouest, chaud et puissant.

Je pense à Céline dont nul ne pourrait soupçonner, s'il la rencontrait aujourd'hui, belle, emplie d'une force et d'une majesté tranquilles, l'épreuve qu'elle a traversée, laquelle a également nécessité une greffe. Je me demande si la même question la traverse parfois, à l'instant d'enjamber le rebord de sa baignoire ou de descendre jeter ses poubelles. Il y a quelques jours, lors d'un de nos innombrables échanges de textos, je lui ai écrit : « Toi et moi, on sait qu'on ne redeviendra jamais légères comme avant. » Une seconde après, j'ai ajouté : « Mais joyeuses et confiantes, ça oui, on peut l'être », et la réponse de Céline a fusé : « C'est tout à fait vrai – joyeuses et confiantes. J'aime ces deux mots. »

Le 18 juillet 2020, je ne savais pas encore que la greffe sauverait Adam et que, dès quatorze heures quarante la veille, il avait commencé à remonter, silencieusement, tel un poisson à contre-courant, vers le royaume des vivants. Je ne savais pas non plus que cette longue baignade vers le large que je m'apprêtais à faire tracerait dans ma vie une ligne de partage définitive : tout ce qui avait eu lieu avant appartiendrait à un temps linéaire dont une part allait m'échapper pour toujours, tout ce qui aurait lieu après, à un temps cyclique. Quelque part en pleine mer, sans que je le sache, alors que j'étais peut-être en train de nager, plongeant et replongeant à une cadence régulière ma tête et le haut de mon corps sous l'eau, et chaque fois déposant une part de ma peur et retrouvant un peu plus mon souffle, ou alors que j'étais en train de faire la planche, allongée dans l'eau, immobile, flottant tel un végétal, sans pensée ni conscience, me laissant écraser par le soleil et vivifier par la mer, quelque chose s'était produit, une sorte de renversement. Le temps de ma vie s'était roulé-tourneboulé et une vie nouvelle, un temps nouveau commençaient.

Nous sommes le 12 février 2024 et je descends à travers la pinède, un pas après l'autre. Chacun se dépose dans l'empreinte de ceux du 18 juillet 2020, et le mouvement entier de mon corps dans celle de la femme que j'étais ce matin-là, et le faisceau entier de mes pensées dans celle du faisceau de ce matin-là. Je n'ai rien oublié. Tout est là, en moi, la moindre vibration, le moindre tressaillement de ce matin d'été 2020. Le présent recouvre exactement, parfaitement, ce qui a existé. C'était il y a trois ans et demi, et c'est aujourd'hui, et pourtant cela ne l'est pas. Je suis ici, maintenant, je m'inscris dans la trace inaltérable de celle qui descendait ce matin d'été, en tongs rose-doré, vers la mer, et pourtant alors c'était elle, et aujourd'hui c'est moi. Je ne suis plus la même. Je suis à un autre endroit de ma vie et du monde. Tout a changé.

Je parviens à hauteur du cactus devant lequel Adam et moi avons pris l'habitude de nous arrêter chaque fois quelques instants. Il y a deux ans, l'arbre a failli mourir de sécheresse et cela nous avait causé à tous les deux un chagrin brusque et inattendu : j'avais toujours cru qu'un cactus pouvait survivre à toute forme de sécheresse, même sévère. On ne se l'était pas dit Adam et moi mais, à percevoir son émotion, je suis certaine qu'il avait plus ou moins pensé la même chose que moi : cet arbre que nous aimions tant, c'était un peu lui et un peu le monde aussi. Le voir à l'agonie, c'était se revoir lui-même si mal, et savoir que cet état était dû à la sécheresse, c'était ressentir quasi physiologiquement l'état désastreux du monde.

Mais aujourd'hui l'arbre va bien. Il a miraculeusement repris. Je passe devant lui, le salue, réjouie de le voir si vaillant, si vert à nouveau, se dressant fièrement vers le ciel. Quelque chose circule entre lui et moi, une énergie joyeuse et invisible. « Je passe bientôt avec Adam », je lui lance gaiement. Je ris à la pensée qu'on m'entende et me croie folle. Moi qui ai eu si peur pendant des années qu'on me prenne pour une cinglée, déployant une énergie féroce pour ne le paraître point, je me fiche aujourd'hui totalement de ce qu'on peut penser de moi. Il faut croire que la frontière de la normalité a elle aussi été dézinguée.

J'arrive au bas du sentier, traverse la petite route et descends le dernier escalier qui mène aux rochers.

Il a fallu que j'écrive ce livre, cherchant, mot après mot, pendant presque deux ans, un espace à l'intérieur duquel je pourrais trouver un chemin possible pour nommer ce que je vivais et ne comprenais pas. Il n'y avait pas beaucoup de place (écrivant cette phrase, je réentends soudain la voix de ma mère prononçant exactement la même en janvier 2000, ou, plus précisément, répétant cette phrase prononcée en salle de réanimation par le chirurgien de l'hôpital Sainte-Anne qui venait de lui faire une biopsie au cerveau après qu'une tumeur lui avait été découverte : « Vous ne m'avez pas laissé beaucoup de place », lui avait-il murmuré lorsqu'elle s'était réveillée). Parfois, il n'y a pas beaucoup de place pour se frayer un chemin qui ait du sens. Le réel est trop compact, trop inintelligible – *terra incognita*.

Devant moi, éblouissante, la mer. Paysage de premier matin du monde – j'ai chaque fois le souffle coupé. Isa et moi avons nagé plusieurs fois ensemble ici, je revois son corps puissant et longiligne, magnifique, fendant l'eau à côté du mien, ses cheveux blonds qu'elle portait si longs, son visage tourné vers moi, et je l'entends, riant à gorge déployée au beau milieu des vagues, de ce rire qui emportait tout sur son passage. Ça fait deux ans et demi qu'elle est morte et je n'arrive toujours pas à y croire. Je n'arrive toujours pas à me le figurer. Quelque chose demeure en suspens, il me semble qu'elle va finir par revenir, surgissant soudainement, lumineuse, gourmande et emplie d'une joie féroce – puissante et invincible comme je l'ai toujours connue. N'est-ce pas elle qui se tient à mes côtés sur ces rochers, n'est-ce pas son souffle que je sens, les vibrations de sa présence ? Je la sens proche, si proche... juste de l'autre côté... Comment se fait-il que ce matin je ressente si fortement tous ceux que j'ai perdus ? Ils sont là, tout autour de moi, leur présence dissoute et répandue dans l'air, m'enveloppant tout entière. J'entends distinctement leurs voix. Celle d'Isa, rieuse et tendre, celle de ma mère, sonore et vibrante, *Les filles, ne restez pas tanquées sur vos serviettes, venez vous baigner, c'est divin !*, celle de ma grand-mère, chantante, *Mais regardez-la qui arrive de Paris, maigre et toute blanche comme un cachet d'aspirine !* Il me semble qu'ils sont là, tous là, de l'autre côté d'un tissu de soie et qu'en élevant le bras je pourrais les toucher. Leurs voix se mêlent et tourbillonnent dans le vent d'ouest, au-dessus des vagues, formant un même sillage. J'ai soudain une envie impérieuse de me déshabiller, de descendre par la vieille échelle rouillée et de nager. Fondre mon corps dans l'eau et là-bas, au large, redevenir une fleur, m'enrouler et me dérouler, et m'enrouler encore, et me dérouler encore. Me répandre moi aussi. Me gorger de bonheur. Vivre, vivre.

Ce qui a commencé il y a plus de quarante ans à quatre pattes dans une chambre aux murs tapissés d'un papier peint rose pâle se poursuit ici, à la verticale, devant la mer. Jamais l'écriture et la vie ne se sont autant fondues l'une dans l'autre. Si je n'avais pas écrit ce livre, je ne me tiendrais pas ici, maintenant, debout, avec ce désir de plonger à l'eau, de recommencer encore et que ce soit si neuf. Ce qui a été nommé ne tient pas en mots, mais en quelque chose d'insaisissable – un souffle.

Je pense à V. À la promesse que nous nous sommes faite de nous revoir bientôt. À l'étreinte intérieure si vive, presque douloureuse, que j'en ai ressentie. À la façon si singulière qu'il a de me regarder – comme s'il lisait au-delà de ce que je montrais, au-delà de ce que je disais. À ce que nous vivrons peut-être – ou peut-être pas.

Tout aurait pu, la vie entière aurait pu être – anéantie. Elle nous imprégnait tant, cette connaissance, on baignait dedans, on y flottait, immergés dans sa réalité aqueuse. Depuis que nous étions sortis de l'enfer, je savais que la mort était tout près, une réalité tout près, un monde flottant dans un tissu de soie qu'en élevant le bras j'aurais pu toucher, qu'en fait tout le monde pouvait toucher, mais personne ne le savait – sauf nous, les survivants.

Au fond, c'était peut-être ça que l'événement m'avait appris.

Il y a très longtemps, j'ai eu 2 ou 3 ans, j'ai tenu fermement la main de ma mère et nous sommes passées elle et moi près d'une pelouse très verte et d'un arbre immense. La lumière était aveuglante. La lumière m'éblouissait. Les branches de l'arbre ployaient jusqu'à terre. Ma mère était mon monde. Rien n'avait encore commencé. Tout se tenait dans une même gangue. L'écriture n'avait pas fendu ma vie en deux.

Il y a longtemps, j'ai eu 47 ans et ma terre a tremblé, j'ai tenu comme je le pouvais la main de mon fils et nous avons lutté. La lumière était crépusculaire. La lumière nous enténébrait. Tout se tenait dans un même effroi. La pensée me traversait parfois qu'un jour j'écrirais tout ça.

Pour toujours je tiens la main de ma mère, pour toujours je tiens celle de mon fils. C'était hier, c'est aujourd'hui. C'est là, maintenant, ça palpite. Tout est bien.

*Composition et mise en pages
par Facompo Lisieux*

CET OUVRAGE
A ÉTÉ ACHEVÉ D'IMPRIMER
SUR ROTO-PAGE
PAR L'IMPRIMERIE FLOCH
À MAYENNE EN DÉCEMBRE 2024

N° d'édition : 67980/01 – N° d'impression : 105944

Imprimé en France